COLEÇÃO
CLÁSSICOS DE OURO

CB064280

Simone de Beauvoir
AS BELAS IMAGENS

TRADUÇÃO Claude Gomes de Souza
PREFÁCIO Magda Guadalupe dos Santos

4ª EDIÇÃO

EDITORA
NOVA
FRONTEIRA

Título original: *Les Belles Images*

Copyright © Éditions Gallimard 1966

Direitos de edição da obra em língua portuguesa no Brasil adquiridos pela EDITORA NOVA FRONTEIRA PARTICIPAÇÕES S.A. Todos os direitos reservados. Nenhuma parte desta obra pode ser apropriada e estocada em sistema de banco de dados ou processo similar, em qualquer forma ou meio, seja eletrônico, de fotocópia, gravação etc., sem a permissão do detentor do copirraite.

EDITORA NOVA FRONTEIRA PARTICIPAÇÕES S.A.
Rua Candelária, 60 – 7º andar – Centro – 20091-020
Rio de Janeiro – RJ – Brasil
Tel.: (21) 3882-8200

CIP-Brasil. Catalogação na fonte
Sindicato Nacional dos Editores de Livros, RJ

B352b

Beauvoir, Simone de, 1908-1986
  As belas imagens / Simone de Beauvoir; tradução de Claude Gomes de Souza; prefácio de Magda Guadalupe dos Santos. - [4. ed.] - Rio de Janeiro: Nova Fronteira, 2022.
  136 p. (Clássicos de Ouro)

Tradução de: Les Belles Images

ISBN 978-65-5640-252-9

1. Ficção francesa. I. Souza, Claude Gomes de. II. Título. III. Série.

19-61636 CDD: 843
          CDU: 82-3(44)

Vanessa Mafra Xavier Salgado - Bibliotecária - CRB-7/6644

Simone de Beauvoir, em suas memórias, nos dá a conhecer sua vida e obra. Quatro volumes foram publicados entre 1958 e 1972: *Memórias de uma moça bem-comportada*, *A força da idade*, *A força das coisas* e *Balanço final*. A estes se uniu a narrativa *Uma morte muito suave*, de 1964. A amplitude desse empreendimento autobiográfico encontra sua justificativa numa contradição essencial ao escritor: a impossibilidade de escolher entre a alegria de viver e a necessidade de escrever; de um lado, o esplendor do contingente; do outro, o rigor salvador. Fazer da própria existência o objeto de sua obra era, em parte, solucionar esse dilema.

Simone de Beauvoir nasceu em Paris, a 9 de janeiro de 1908. Até terminar a educação básica, estudou no Curso Désir, de rigorosa orientação católica. Tendo conseguido o certificado de professora de filosofia em 1929, deu aulas em Marseille, Rouen e Paris até 1943. *Quando o espiritual domina*, finalizado bem antes da Segunda Guerra Mundial, só veio a ser publicado em 1979. *A convidada*, de 1943, deve ser considerado sua estreia literária. Seguiram-se então *O sangue dos outros*, de 1945, *Todos os homens são mortais*, de 1946, *Os mandarins* — romance que lhe valeu o Prêmio Goncourt em 1954 —, *As belas imagens*, de 1966, e *A mulher desiludida*, de 1968.

Além do famoso *O segundo sexo*, publicado em 1949 e desde então livro de referência do movimento feminista mundial, a obra teórica de Simone de Beauvoir compreende numerosos ensaios filosóficos, e por vezes polêmicos, entre os quais se destaca *A velhice*, de 1970. Escreveu também para o teatro e relatou algumas de suas viagens ao exterior em dois livros.

Depois da morte de Sartre, Simone de Beauvoir publicou *A cerimônia do adeus*, em 1981, e *Cartas a Castor*, em 1983, o qual reúne uma parte da abundante correspondência que ele lhe enviou. Até o dia de sua morte, 14 de abril de 1986, colaborou ativamente para a revista fundada por ambos, *Les Temps Modernes*, e manifestou, de diferentes e incontáveis maneiras, sua solidariedade total ao feminismo.

Sumário

Prefácio 9

Capítulo I 13
Capítulo II 39
Capítulo III 65
Capítulo IV 113

Prefácio
Belas (e inquietantes) imagens

O romance *As belas imagens* foi publicado pela primeira vez pela editora Gallimard, de Paris, em novembro de 1966. Mesmo depois de cinco décadas, o universo descrito por Simone de Beauvoir continua a tocar fortemente o leitor. Na obra, relatam-se circunstâncias que, por um lado, se parecem com as vivências habituais da atualidade — a busca de muitas pessoas por sucesso, dinheiro, estabilidade material —; por outro, transmitem uma sensação de dificuldades e de necessidades críticas que não se formalizam com facilidade e integram o rol de indagações da contemporaneidade.

Muitos especialistas pontuam o olhar investigativo de Beauvoir sobre modos específicos de vida e situações-limite numa esfera de privilégios da sociedade de consumo. Dizer apenas isso, contudo, seria desconsiderar o modo como o olhar da autora, no âmbito de um enredo ficcional, procede a análises que apontam e discutem questões existenciais sob várias óticas valorativas. Com seu estilo crítico e sutil, Beauvoir aponta as amarras de uma comunidade hostil a experiências genuínas, mostrando os fortes impactos disso na autoestima de cada personagem.

Numa escrita clara e propositadamente lógica, quem narra a história é Laurence, uma mulher jovem e bem-sucedida na agência de publicidade onde trabalha, que se debate com os dilemas de uma vida e de uma sociedade padronizada, na segunda metade do século XX. Em contraste com sua mãe e suas duas filhas, cujas imagens se vão tecendo no texto, Laurence é apresentada tanto em situações assentadas na ordem de aparências quanto de desafios a serem implicitamente vencidos nos atos e momentos de um cotidiano asfixiante. Assim, a protagonista traz à cena, em encontros e desencontros, o prisma de uma mulher de seu tempo, cujo trabalho e família se entrecruzam em meio a reflexões sobre uma sociedade estagnada, mergulhada em futilidades que são examinadas abertamente. Beauvoir descreve como laços são cortados, amantes se separam e trocam de pares devido ao peso da idade. O que se evidencia é o impacto da superficialidade que precisa ser assegurada para controle das sensações e das ilusões, por meio da recusa da força da solidão e, sobretudo, da perturbação causada pelo encontro com o *outro*.

Com pleno domínio dos recursos narrativos, o texto transita entre a obviedade dos motivos e relações familiares e as circunstâncias de sustentação de uma ordem burguesa que preza a estabilidade cujo valor se assenta em aparências. Vivencia-se a fundo a frieza das convivências sociais e mesmo da intimidade que se deseja e se repele, justamente para evitar o aprofundamento do desejo e do autorreconhecimento. Os vínculos que ligam Laurence a sua mãe, a seu marido e a seu amante são rasos, enquanto sua ligação com o pai e as filhas encontram-se repletas de questionamentos e expectativas que se escondem sob a sociedade tecnocrata.

Em *Tout compte fait,* obra autobiográfica lançada na França em 1972 e publicada no Brasil uma década depois com o título de *Balanço final*, Beauvoir se volta, entre outros tópicos, para a recepção deste romance e relata haver-se criado certa polêmica quando de seu lançamento. Apreciada de várias óticas interpretativas, vendeu nada menos que cerca de cento e vinte mil exemplares em apenas doze semanas. Isso comprova que, se Beauvoir já era reconhecida como a filósofa que instiga a dimensão dialógica e simétrica entre os gêneros, como se pode ler em seus ensaios, desde *O segundo sexo*, também seus romances têm a capacidade de levar os leitores a problematizarem, nas situações representadas, o mundo em que vivem, assumindo perspectivas críticas diante da realidade.

Enfim, trata-se de uma obra digna de continuar a ser lida e debatida, tanto por suas qualidades estéticas quanto pelos desafios que propõe à reflexão de quem lê. Como é próprio, aliás, dos escritos de Simone de Beauvoir.

Magda Guadalupe dos Santos[*]

---

[*] Professora doutora da Pontifícia Universidade Católica de Minas Gerais (PUC Minas) e da Faculdade de Educação da Universidade do Estado de Minas Gerais (FaE. UEMG). Integrante de *Simone de Beauvoir International Society* desde 2010. Tradutora da obra de Simone de Beauvoir. Pesquisadora de filosofias e teorias feministas.

A Claude Lanzmann

Capítulo I

"Temos um mês de outubro... excepcional", disse Gisèle Dufrène; aquiescem, sorriem, um calor de verão cai do céu azul-cinza — o que é que os outros têm que eu não tenho? —, acariciam seus olhares na imagem perfeita, reproduzida por *Plaisir de France* e *Votre Maison*:[1] o sítio comprado por uma ninharia — bem, digamos, um pouco mais que isso — e decorado por Jean-Charles pelo preço de uma tonelada de caviar ("um milhão a mais, um milhão a menos, para mim não faz diferença", disse Gilbert), as rosas na parede de pedras, os crisântemos, os ásteres, as dálias "mais bonitas de toda a Île-de-France", disse Dominique; o biombo e as poltronas azuis e violeta — é uma audácia! — contrastam com o verde do gramado; o gelo balança nos copos, Houdan beija a mão de Dominique, magérrima na sua calça preta e blusa deslumbrante, os cabelos pálidos, meio loiros, meio brancos, de costas ela aparenta uns trinta anos. "Dominique, ninguém sabe receber como você." (No exato momento, num outro jardim, completamente diferente, exatamente igual, alguém pronuncia essas palavras e o mesmo sorriso pousa num outro rosto: "Que domingo maravilhoso!" Por que é que estou pensando nisso?)

Tudo foi perfeito: o sol e a brisa, a churrasqueira, os bifes espessos, as saladas, as frutas, os vinhos. Gilbert contou histórias de viagem e caças no Quênia, depois mergulhou nesse quebra-cabeça (ainda faltam seis pedaços para colocar), e Laurence propôs o teste do contrabandista; se entusiasmaram, adoram admirar-se com eles próprios e rir uns dos outros. Ela se cansou muito, por isso agora se sente deprimida, eu sou cíclica. Louise brinca com os primos no fundo do jardim; Catherine está lendo frente à chaminé onde arde um fogo leve: ela se parece com todas as garotinhas felizes que leem deitadas em cima de um tapete. *Dom Quixote* na semana passada, *Quentin Durward*, não é isso que a faz chorar de noite, então o quê? Louise estava toda emocionada: Mamãe, Catherine está triste, ela chora de noite. Ela gosta dos professores, tem uma nova amiguinha, está bem de saúde, a casa é alegre.

— Procurando outro *slogan*? — disse Dufrène.

---

[1] Revistas francesas de decoração. (N. T.)

— Tenho que convencer as pessoas a cobrirem suas paredes com placas de madeira.

É prático; quando ela se ausenta, as pessoas pensam que está procurando um *slogan*. Em volta dela falam sobre o suicídio de Jeanne Texcier. Um cigarro na mão esquerda, a mão direita aberta e levantada como para prevenir as interrupções, Dominique diz, com a sua voz autoritária e de bom timbre: "Ela não é muito inteligente, seu marido foi quem fez sua carreira, mas mesmo assim, quando se é uma das mulheres mais em destaque de Paris, não se deve conduzir-se como uma mulherzinha qualquer!"

Num outro jardim, completamente diferente, exatamente igual, alguém diz: "Dominique Langlois, foi Gilbert Mortier quem fez a carreira dela." E é injusto; ela entrou no rádio pela porta dos fundos, em 45, e chegou lá pela força dos punhos, trabalhando feito uma condenada, pisando em quem a incomodava. Por que sentem tanto prazer em se espedaçar entre si? Dizem também, Gisèle Dufrène pensa isso, que mamãe deu em cima de Gilbert por interesse: esta casa, suas viagens, sem ele não poderia ter conseguido, pois é; mas foi outra coisa que ele trouxe para ela; estava bem desnorteada depois de se desquitar de papai (este andava pela casa feito uma alma abandonada, com tanta dureza que ela saiu assim que Marthe se casou); foi graças a Gilbert que ela se tornou essa mulher tão segura de si. (Evidentemente, poderíamos dizer...) Hubert e Marthe voltam da floresta com enormes buquês de folhagens nos braços. A cabeça jogada para trás, um sorriso parado nos lábios, ela caminha com passo alegre: uma santa, ébria do feliz amor a Deus: é o papel que desempenha desde que encontrou a fé. Retomam os seus lugares nas almofadas azuis e violeta, Hubert acende o seu cachimbo, e ele é, na certa, o último homem na França a chamá-lo de "meu velho pito". Seu sorriso de paralítico geral, suas gorduras. Quando viaja, usa óculos escuros: "Adoro viajar incógnito." Um excelente dentista que nas horas de lazer estuda conscienciosamente as apostas das corridas de cavalo. Entendo por que Marthe inventou-se compensações.

— Na Europa, no verão, você não encontra uma praia com lugar sequer para deitar-se — diz Dominique. — Nas Bermudas há umas desertas, quase desertas, onde ninguém o conhece.

— O buraquinho caro, afinal — diz Laurence.

— E o Taiti? Por que não voltaram ao Taiti? — pergunta Gisèle.

— Em 1955, o Taiti era bom. Agora, é pior que Saint-Tropez. É de uma banalidade…

A vinte anos de distância. Papai sugeria Florença, Granada; ela dizia: "Todo mundo vai para lá. É de uma banalidade…" Viajar todos os quatro de automóvel: a família Fenouillard, dizia ela. Ele passeava sem a gente pela Itália, Grécia, e nós veraneávamos em lugares chiques; ou ao menos que Dominique naquele tempo considerava chiques. Agora ela atravessa o oceano para tomar seus banhos de sol. No Natal, Gilbert vai levá-la para passar o réveillon em Balbeck…

— Dizem que o Brasil tem praias magníficas, vazias — diz Gisèle.

— E podemos dar um pulo até Brasília. Queria tanto ver Brasília!

— Ah! Não! — diz Laurence. — Já os grandes conjuntos dos arredores de Paris são tão deprimentes! Uma cidade inteira nesse modelo, então!

— Você é como o seu pai, um passadista — diz Dominique.

— Quem não é? — diz Jean-Charles. — No tempo dos foguetes e da automação, as pessoas conservam a mesma mentalidade que no século XIX.

— Eu não — diz Dominique.

— Você é uma exceção em tudo — diz Gilbert, num tom convencido (ou melhor, enfático: ele se mantém sempre distante das próprias palavras).

— Mas os operários que construíram a cidade concordam comigo: não quiseram abandonar as suas casas de madeira.

— Não tinham escolha, minha querida Laurence — diz Gilbert. — Os aluguéis em Brasília estão muito acima dos seus recursos.

Um leve sorriso arredondou sua boca, como se estivesse pedindo desculpas pela sua superioridade.

— Brasília, hoje, está ultrapassada — diz Dufrène. — Continua sendo uma arquitetura onde o teto, a porta, a parede, a chaminé têm uma existência distinta. O que se busca agora é a casa sintética onde cada elemento é polivalente: o teto se confunde com a parede e cai no meio do pátio.

Laurence não está satisfeita consigo; disse uma besteira, claro. É o que acontece quando se fala sem saber. Não fale sobre coisas que não conhece, dizia a srta. Houchet. Mas então nunca se abriria a boca. Ela escuta em silêncio Jean-Charles, que descreve a cidade futura. Inexplicavelmente, ele fica encantado com essas maravilhas vindouras que nunca verá com os próprios olhos. Ele ficou encantado ao aprender que o homem de hoje ultrapassa em vários centímetros o da Idade

Média, que por sua vez é maior do que o homem da pré-história. Têm sorte de poder se apaixonar assim. Mais uma vez e sempre com o mesmo ardor, Dufrène e Jean-Charles discutem sobre a crise da arquitetura.

— É preciso conseguir créditos, sim — diz Jean-Charles —, mas por outros meios. Renunciar à força de dissuasão seria cair fora da História.

Ninguém responde; no silêncio se eleva a voz de Marthe:

— Se todos os povos concordassem juntos em desarmar-se! Você leu a última mensagem de Paulo VI?

Dominique a corta com impaciência:

— Pessoas muito autorizadas me afirmaram que, se a guerra estourasse, vinte anos seriam suficientes para que a humanidade voltasse ao estágio em que se encontra hoje.

Gilbert levanta a cabeça, só lhe restam quatro peças para colocar:

— Não haverá guerra. A distância entre os países capitalistas e os países socialistas vai acabar logo sendo anulada. Porque agora é a grande revolução do século XX, produzir é mais importante do que possuir.

Então por que gastar tanto dinheiro com armamentos?, se pergunta Laurence. Mas Gilbert conhece a resposta, ela não quer mais ser rebatida. Aliás, Jean-Charles já respondeu: sem a bomba, a gente cairia fora da História. O que isso significa na verdade? Seria com certeza uma catástrofe, todos ficaram espantados.

Gilbert se volta amavelmente para ela:

— Você virá sexta-feira? Quero que ouça o meu novo som em alta fidelidade.

— O mesmo que o de Karim e Alexandre da Iugoslávia — disse Dominique.

— É realmente uma maravilha — disse Gilbert. — Depois de escutá-lo, não se pode mais ouvir música num aparelho comum.

— Então, não quero ouvi-lo — disse Laurence. — Gosto de ouvir música.

(Não é verdade, aliás. Digo isso para ser engraçada.)

Jean-Charles parece muito interessado:

— Quanto custa, no mínimo, um bom aparelho de som em alta fidelidade?

— No mínimo, no estrito mínimo, você pode conseguir um aparelho mono por trezentos mil francos antigos. Mas não é suficiente.

— Para ter uma coisa realmente boa, custa em torno de um milhão? — pergunta Dufrène.

— Olha: com alto-falantes em mono, vale de seiscentos mil a um milhão. Em estéreo, conte uns dois milhões. Eu aconselho o mono a um estéreo medíocre. Um amplificador razoável custa por volta de quinhentos mil francos.

— É o que estava dizendo: no mínimo um milhão — disse Dufrène, suspirando.

— Existem maneiras mais estúpidas de gastar um milhão — disse Gilbert.

— Se Vergne ganha o negócio do Roussillon, ofereço-lhe isso — disse Jean-Charles para Laurence. Ele se volta para Dominique: —Vergne tem uma ideia bastante boa para uns conjuntos de lazer que estamos construindo por lá.

—Vergne tem ideias formidáveis. Mas raramente são realizadas — disse Dufrène.

— Serão, sim. Você o conhece? — pergunta Jean-Charles a Gilbert. — É sensacional trabalhar com ele; o ateliê inteiro vive no entusiasmo; não executamos, criamos.

— É o maior arquiteto da sua geração — corta Dominique. — Na extrema vanguarda do urbanismo.

— Pois eu prefiro o meu lugar na casa Monnod — disse Dufrène. — Não criamos, executamos. Só que ganhando muito mais.

Hubert tirou o cachimbo da boca:

— É um caso a considerar.

Laurence se levanta, sorri para a mãe.

— Posso roubar-lhe algumas dálias?

— Claro.

Marthe levantou-se também; ela se afasta com a irmã:

—Você viu papai na quarta-feira? Como está ele?

— Em casa, está sempre alegre. Brigou com Jean-Charles, para variar.

— Jean-Charles também não entende o papai. — Com os olhos, Marthe consulta os céus: — É tão diferente dos outros. À sua maneira, papai alcança o sobrenatural. A música, a poesia: para ele, são orações.

Laurence se debruça sobre as dálias; essa linguagem a constrange. É claro, ele tem alguma coisa que os outros não têm, que eu não tenho (mas o que eles têm que eu tampouco tenho?). Cor-de-rosa, vermelhas, amarelas, alaranjadas, ela aperta nas suas mãos as dálias magníficas.

— Um dia agradável, minhas filhinhas? — pergunta Dominique.

— Maravilhoso — disse Marthe, com fervor.

— Maravilhoso — repete Laurence.

A luz vai declinando, ela não está desgostando de voltar. Hesita. Esperou até o último minuto; pedir alguma coisa à mãe a deixa tão encabulada quanto aos 15 anos.

— Tenho uma coisa a te pedir...

— Pois não — A voz de Dominique é fria.

— É a respeito de Serge. Ele queria sair da universidade. Ele gostaria de trabalhar na rádio ou na televisão.

— Foi seu pai que a encarregou desse recado?

— Encontrei Bernard e Georgette na casa de papai.

— Como estão eles? Continuam brincando de Philemon e Baucis?

— Oh! Mal falei com eles.

— Fale com seu pai de uma vez por todas que não sou uma agência de empregos. Acho um pouco escandaloso que tentem me explorar desse jeito. Eu nunca esperei nada de ninguém.

—Você não pode recriminar papai por querer ajudar o sobrinho — disse Marthe.

— Eu o recrimino por não poder fazer nada sozinho. — Com a mão, Dominique rejeita as objeções: — Se ele fosse místico, se fosse monge, eu entenderia. ("Não", pensa Laurence.) Mas escolheu a mediocridade.

Ela não lhe perdoa ter-se tornado secretário-redator na Câmara e não o grande advogado com quem pensava ter-se casado. Um posto secundário, disse ela.

— É tarde — diz Laurence. —Vou subir para me arrumar.

Impossível deixar que agridam seu pai, e defendê-lo seria pior ainda. Sempre aquele aperto no coração, aquela espécie de remorso, quando pensa nele. Sem razão: nunca tomei o partido da mamãe.

— Também vou subir e me trocar — diz Dominique.

— Tomo conta das crianças — diz Marthe.

É cômodo: desde que abraçou a santidade, Marthe monopoliza todos os trabalhos chatos. E neles alcança alegrias tão nobres que podemos empurrar-lhe todos sem escrúpulo.

Enquanto ajeita o cabelo no quarto da mãe — bonito demais esse rústico espanhol —, Laurence faz um último esforço:

—Você não pode realmente fazer nada pelo Serge?

— Não.

Dominique se aproxima do espelho.

— Que cara a minha! Na minha idade, uma mulher que trabalha o dia inteiro e sai todas as noites é uma mulher perdida. Eu precisava dormir.

Laurence examina a mãe no espelho. A imagem perfeita, ideal de uma mulher que envelhece bem. Que envelhece. Essa imagem Dominique rejeita. Ela capitula, pela primeira vez.

Doença, adversidades, aguentou tudo. E de repente é o pânico nos seus olhos.

— Não consigo acreditar que um dia vou fazer setenta anos.

— Nenhuma mulher resiste melhor que você — diz Laurence.

— O corpo, tudo bem, não invejo ninguém. Mas olha isso.

Ela aponta os olhos, o pescoço. É claro que ela não tem mais quarenta anos.

— Você não tem mais vinte anos, é claro — disse Laurence. — Mas muitos homens preferem as mulheres vividas. Veja só o Gilbert...

— Gilbert... é para não perdê-lo que me mato saindo. Isso acaba se voltando contra mim.

— Ora, vamos!

Dominique veste o seu conjunto Balenciaga. Chanel nunca, a gente gasta fortunas e parece que se veste no mercado das pulgas. Ela murmura:

— A safada da Marie-Claire. Recusa terminantemente o divórcio, só para me chatear.

— Talvez ela acabe cedendo.

Marie-Claire com certeza deve falar: a safada da Dominique. No tempo de Lucile de Saint-Chamont, Gilbert morava com a mulher, não havia esse problema, pois Lucile tinha um marido e filhos. Dominique o obrigara a se separar de Marie-Claire; se ele cedera, era por conveniência, claro, mas Laurence mesmo assim achara a mãe muito feroz.

— Olha que a vida em comum com Gilbert comportaria muitos riscos. Ele gosta da sua liberdade.

— E você da sua.

— Sim.

Dominique gira diante do espelho de três faces e sorri. Na verdade, ela está encantada com o jantar na casa dos Verdelet; os ministros a impressionam. Como eu sou malevolente!, pensa Laurence. É sua mãe, sente carinho por ela. Mas é também uma estranha. Atrás das imagens que rodopiam nos espelhos, quem se esconde? Talvez absolutamente ninguém.

—Tudo bem em casa?
— Muito bem. Sucesso atrás de sucesso.
— As meninas?
—Você viu. Elas prosperam.

Dominique faz perguntas, por princípio, mas acharia indiscreto que Laurence lhe desse respostas inquietantes, ou simplesmente detalhadas.

No jardim, Jean-Charles debruça-se na poltrona de Gisèle: um leve flerte que agrada aos dois (e a Dufrène também, eu creio), dão-se a impressão mútua de que poderiam viver a aventura que não desejam, nem um nem outro. (E se por acaso a vivessem? Acho que pouco me importaria. Pode então haver amor sem ciúme?)

— Então, conto com vocês sexta-feira — diz Gilbert. — Sem vocês não tem graça.

— Ora essa!
— É sério.

Ele aperta a mão de Laurence efusivamente, como se houvesse entre eles uma cumplicidade especial; é por isso que todo mundo acha-o charmoso:

— Até sexta-feira.

As pessoas insistem para ter Laurence, fazem-lhe visitas com solicitude: ela não entende muito bem o porquê.

— Um dia maravilhoso — diz Gisèle.
— Com essa vida que a gente leva em Paris, essa descontração é absolutamente indispensável — diz Jean-Charles.
— Indispensável — diz Gilbert.

Laurence acomoda as meninas na parte traseira do carro, tranca as portas, senta-se ao lado de Jean-Charles, e eles saem correndo pela estradinha atrás da DS de Dufrène.

— O que surpreende no Gilbert é que ele guardou sua simplicidade — diz Jean-Charles. — Quando a gente pensa nas responsabilidades que ele tem, no seu poder. E nem o menor ar de importância.

— Ele não precisa disso.
— Você não gosta dele, é normal. Mas não seja injusta.
— Gosto dele, sim.

(Ela gosta dele ou não? Ela gosta de todo mundo.) Gilbert não perora, é verdade, pensou ela. Mas ninguém ignora que ele dirige uma das maiores empresas de máquinas eletrônicas do mundo, nem o seu papel na criação do Mercado Comum.

— Gostaria de saber o montante de suas rendas — diz Jean-Charles.
— É praticamente ilimitado.
— Isso me assustaria, possuir tanto dinheiro.
— Ele o usa inteligentemente.
— Sim.

É estranho: quando conta suas viagens, Gilbert é muito divertido. Uma hora depois, não se consegue mais lembrar uma palavra do que ele disse.

— Um fim de semana realmente agradável! — diz Jean-Charles.
— Realmente.

E Laurence de novo se pergunta: o que eles têm que eu não tenho? Oh! Não devo me preocupar; há dias assim, em que a gente levanta com o pé esquerdo, em que nada dá prazer! Ela deveria estar acostumada. No entanto, a cada vez ela se pergunta: o que é que não está indo bem? De repente indiferente, distante, como se não fosse parte deles. A sua depressão de cinco anos atrás, já lhe explicaram; muitas mulheres jovens atravessam esse tipo de crise; Dominique lhe aconselhou que saísse de casa, que trabalhasse, e Jean-Charles concordou quando viu quanto eu ganhava. Agora não tenho razão para estourar. Tenho sempre trabalho pela frente, pessoas ao meu redor, estou feliz com a minha vida. Não, nenhum perigo. É apenas uma questão de humor. Aos outros também, tenho certeza de que acontece muito e não fazem drama por isso. Voltando-se para as crianças:

— Brincaram bastante, minhas queridas?
— Oh! Sim — disse Louise, com ímpeto.

Um cheiro de folhas mortas entra pela janela aberta; as estrelas brilham num céu limpo, e Laurence de repente se sente muito bem.

A Ferrari ultrapassa-os; Dominique agita a mão, sua echarpe leve voa ao vento: ela tem realmente muita classe. E Gilbert veste magnificamente seus 56 anos. Um belo casal. Afinal, ela teve razão de exigir uma situação nítida.

— Combinam bem juntos — disse Jean-Charles. — Para a idade deles, formam um casal bonito.

Um casal. Laurence observa Jean-Charles. Ela gosta de andar de carro ao seu lado. Ele presta muita atenção na estrada, e ela vê seu perfil, este perfil que tanto a emocionava dez anos atrás e que ainda a emociona. De frente, Jean-Charles já não é exatamente o mesmo — ela não o vê da mesma maneira. Ele tem um rosto inteligente e enérgico, mas, como dizer?, parado — como todos os rostos. De perfil, na penumbra, a boca parece mais indecisa, os olhos, mais sonhadores. Foi assim que apareceu para ela 11 anos atrás, o que lhe vem à mente quando está ausente, e às vezes fugitivamente, quando está de carro com ele. Não falam nada. O silêncio parece seu cúmplice; expressa um acordo profundo demais para as palavras. Uma ilusão, talvez. Mas enquanto a estrada desaparece debaixo das rodas, as crianças estão sonolentas, Jean-Charles está calado, Laurence quer acreditar nisso.

Toda a ansiedade desapareceu quando mais tarde um pouco Laurence se instala na sua mesa; está só um pouco cansada, tonta por causa do ar puro, pronta para essas vadiagens que Dominique cortava energicamente: "Não fique assim sonhando: faça alguma coisa" — e a que ela mesma se proíbe agora. "Tenho que encontrar essa ideia", disse para si mesma, desatarraxando sua caneta. Que linda imagem publicitária, prometendo — a favor de um vendedor de móveis, de camisas, de um florista — a segurança, a felicidade.

O casal que anda na calçada, seguindo o meio-fio, em meio ao leve murmúrio das árvores, contempla no caminho o interior ideal: debaixo da luminária, o homem jovem e elegante no seu pulôver angorá, que lê uma revista com atenção; a moça sentada à mesa, uma caneta na mão, a harmonia dos pretos, vermelhos e amarelos combinando tão bem (uma sorte) com os vermelhos e os amarelos das dálias. Há pouco, quando as colhi, eram flores vivas. Laurence está pensando naquele rei que transformava em ouro tudo o que tocava e cuja netinha havia-se tornado uma linda boneca de metal. Tudo o que ela toca se transforma em imagem. *Com painéis de madeira, você alia à elegância urbana toda a poesia das florestas.* Ela vê através das folhagens o preto marulho do rio; um barco passa, revistando as margens com o seu branco olhar. A luz salpica os vidros com seus raios, ilumina brutalmente os namorados ali abraçados, imagem do passado para mim que sou a imagem do seu terno futuro, com crianças que eles adivinham adormecidas nos quartos do fundo. *Crianças se escondem dentro de uma árvore oca e estão num maravilhoso quarto revestido com painéis de madeira natural. Ideias a serem desenvolvidas.*

Ela sempre foi uma imagem. Dominique cuidou disso, fascinada na sua infância por imagens tão diferentes da sua própria vida, toda obstinada — com toda a sua inteligência e sua enorme energia — em preencher essa lacuna. (Você não sabe o que é andar com sapatos rasgados e sentir através da meia que pisou numa cuspidela. Você não sabe o que é ser olhada de alto a baixo por colegas de cabelos bem lavados acotovelando-se. Não, você não vai sair com esta mancha na sua saia, vai se trocar.) Menina impecável, adolescente perfeita, moça excelente. Você era tão direita, tão primorosa, tão perfeita..., diz Jean-Charles.

Tudo estava direito, primoroso, perfeito: a água azul da piscina, o luxuoso barulho das bolas de tênis, as brancas agulhas de pedra, as nuvens enroscando-se no céu liso, o cheiro dos pinheiros. Todas as manhãs, ao abrir os postigos, Laurence contemplava uma fotografia esplêndida em papel glacê. No parque do hotel, os meninos e as meninas vestindo roupas claras, a pele curtida, polidos pelo sol como seixos lindos. E Laurence e Jean-Charles de roupas claras, curtidos, polidos. De repente, uma noite, na volta de um passeio, no carro parado, a sua boca na minha, aquele ardor, aquela vertigem. Então, durante dias e semanas, não fui mais uma imagem, mas carne e sangue, desejo, prazer. E reencontrei também aquela doçura mais secreta que eu conhecera antigamente, sentada aos pés do meu pai ou segurando a mão dele na minha... De novo, há 18 meses, com Lucien; o fogo nas minhas veias, e nos meus ossos essa gostosa deliquescência. Ele morde os lábios. Se Jean-Charles soubesse! Na realidade nada foi mudado entre Laurence e ele. Lucien está à margem. E, aliás, não a comove mais como antes.

— Como é, vem essa ideia?
— Ela virá.

Olhar atento do marido, sorriso bonito da moça. Muitas vezes lhe disseram que tinha um sorriso bonito; ela o sente nos lábios. A ideia virá; sempre é difícil no início, tantos chavões já desgastados, tantas armadilhas a serem evitadas. Mas ela conhece sua profissão. Não vendo painéis de madeira, vendo a segurança, o sucesso, e um toque de poesia de quebra. Quando Dominique lhe propôs fabricar imagens de papel, ela conseguiu tão rápido e tão bem que poderia se ter acreditado em uma vocação. Segurança. A madeira não é mais inflamável do que a pedra e o tijolo. Falar isso sem evocar a ideia de incêndio: é aí que é preciso perícia.

Ela se levanta de repente. Será que esta noite também Catherine está chorando?

Louise dormia. Catherine olhava para o teto. Laurence se debruça:
— Você não está dormindo, minha querida? Em que está pensando?
— Em nada.

Laurence a abraça, intrigada. Estes mistérios não fazem o gênero de Catherine; ela é aberta e até loquaz.

— Sempre se pensa em alguma coisa. Tente me falar.

Catherine hesita um instante; o sorriso da mãe a faz decidir-se:

— Mamãe, por que a gente existe?

É exatamente o tipo de pergunta que as crianças jogam enquanto você pensa apenas em vender painéis de madeira. Responder depressa:

— Minha querida, ficaríamos muito tristes, papai e eu, se você não existisse.

— Mas e se vocês também não existissem?

Quanta ansiedade nos olhos dessa menininha que eu trato ainda como um neném! Por que ela se faz essa pergunta? Pois é isso que a faz chorar.

— Você não estava contente, esta tarde, que nós todos existíssemos?

— Sim.

Catherine não parece muito convencida. Laurence tem uma luz:

— A gente existe para fazer feliz uns aos outros — disse ela, com entusiasmo. Está muito orgulhosa de sua resposta.

O rosto fechado, Catherine continua pensando; ou melhor, procurando suas palavras:

— Mas as pessoas que não são felizes, por que elas existem?

Pronto, chegamos ao ponto importante.

— Você viu pessoas infelizes? Onde, minha querida?

Catherine está calada, assustada. Onde? Goya mal fala o francês e está contente. O bairro é rico: nenhum mendigo, nenhum vagabundo; e os livros? Os amigos?

— Você tem amiguinhos que são infelizes?

— Não!

A voz parece sincera. Louise se agita na cama e estaria na hora de Catherine dormir; aparentemente, ela não está com vontade de falar mais, levará muito tempo para decidi-la.

— Escuta, falaremos nisso amanhã. Mas se você conhece pessoas infelizes, tentaremos fazer alguma coisa por elas. Podemos cuidar dos doentes, dar dinheiro aos pobres, podemos um monte de coisas...

— Você acredita? Para todo mundo?

— É claro que eu choraria o dia inteiro se houvesse pessoas cuja infelicidade é sem remédio. Você vai me contar tudo. E lhe prometo que encontraremos soluções. Prometo-lhe — repete ela, acariciando os cabelos de Catherine. — Durma agora, minha filhinha.

Catherine se deixa afundar entre os lençóis; ela fecha os olhos. A voz, os beijos de sua mãe a deixaram mais tranquila. Mas e amanhã? Em geral, Laurence evita as promessas imprudentes. E nunca fez nenhuma tão irrefletida quanto essa.

Jean-Charles levanta o nariz.

— Catherine me contou um sonho — diz Laurence. — Amanhã vai lhe dizer a verdade. Não esta noite.

Por quê? Ele se interessa pelas meninas. Laurence senta e finge que está concentrada nas suas pesquisas. Não esta noite. Ele lhe forneceria logo cinco ou seis explicações. Ela quer tentar compreender antes de ele responder. Qual é o problema? Eu também, na idade dela, chorava; como eu chorei! Talvez seja por isso que não choro mais, nunca. A srta. Houchet dizia: "Dependerá de nós que essas mortes não tenham sido inúteis." Acreditava nela: falava tantas coisas! Ser um homem entre os homens! Ela morreu de câncer. As exterminações, Hiroshima: havia razões, em 1945, para que uma criança de 11 anos se sentisse desorientada. Laurence chegara até a pensar que era impossível tantos horrores para nada, tentara acreditar em Deus, em uma outra vida onde tudo era compensado. Dominique fora perfeita: lhe permitira falar com um padre e escolheu até um inteligente. Em 1945, sim, era normal. Mas hoje, se a minha filha de dez anos chora, sou eu a culpada, Dominique e Jean-Charles vão me culpar. Ele é capaz de me aconselhar uma visita a um psicólogo. Catherine lê muito, demais, e não sei exatamente o quê: não tenho tempo. De qualquer maneira, as palavras não teriam o mesmo sentido para mim do que para ela.

— Você imagina! Na nossa própria galáxia, há centenas de planetas habitados! — diz Jean-Charles batendo na sua revista com um dedo pensativo. — Nos parecemos com galinhas presas num galinheiro que acreditam ser o mundo inteiro.

— Oh! Mesmo na Terra, estamos fechados dentro de um pequeno círculo, tão estreito!

— Hoje não. Com a imprensa, as viagens, a televisão, em breve a mundovisão, vivemos planetariamente. O erro é tomar o planeta pelo universo. Enfim, em 1985 teremos explorado o sistema solar... Isso não a faz sonhar?

— Sinceramente, não.

—Você não tem imaginação.

Não conheço nem as pessoas que moram no andar de cima do nosso, pensa Laurence. Os da frente, sabe muita coisa sobre eles, através da parede: a água do banho está ligada, as portas batem, o rádio joga as suas músicas e propagandas de chocolate em pó Banania, o marido grita com a mulher, que depois de ele sair grita com o filho. Mas o que acontece nos 340 apartamentos do prédio? Dentro das outras casas de Paris? Em Publinf ela conhece Lucien, um pouco Mona, e algumas caras, alguns nomes. Família, amigos; minúsculo sistema fechado; e todos esses outros sistemas inacessíveis. O mundo está em todos os outros lugares, e é impossível nele penetrarmos. No entanto, entrou na vida de Catherine, assustou-a, e eu deveria protegê-la. Como fazê-la admitir que existem pessoas infelizes, como fazê-la acreditar que vão deixar de sê-lo?

—Você não está com sono? — pergunta Jean-Charles.

Nenhuma ideia virá esta noite, inútil obstinar-se. Ela modela o seu sorriso sobre o do marido:

— Estou com sono.

Ritos noturnos, barulho alegre da água no banheiro, em cima da cama o pijama que cheira a alfazema e a tabaco, e Jean-Charles fuma um cigarro enquanto o chuveiro limpa Laurence das preocupações do dia. Ela tira rapidamente a pintura do rosto, veste a leve camisola, está pronta. (Excelente invenção, a pílula que se engole de manhã lavando os dentes; não seria agradável ter que se manipular.) No perfume dos lençóis brancos, a camisola escorrega outra vez sobre sua pele, voa por cima da sua cabeça, ela se abandona ao carinho de um corpo nu. Alegria das carícias. Prazer violento e feliz. Depois de dez anos de casamento, entendimento físico perfeito. Sim, mas que não muda a cor da vida. O amor também é liso, higiênico, rotineiro.

— Sim, seus desenhos são umas graças — diz Laurence.

Mona possui realmente talento; ela inventou um pequeno personagem engraçado que Laurence utilizou várias vezes nas suas campanhas; vezes demais, diz Lucien que é o melhor motivacionista da casa.

— Mas — diz Mona — ela se parece com a sua criatura: maliciosa, picante e graciosa.

—Você sabe o que está dizendo Lucien. Não se deve abusar do humor. E neste caso — a madeira custa caro, é coisa séria — a fotografia colorida fica melhor.

Laurence escolheu duas delas, compostas segundo as suas diretrizes: uma mata centenária, seus musgos, seu mistério, o surdo e luxuoso estalo dos velhos troncos; uma jovem em trajes vaporosos, sorridente no meio de um quarto decorado com painéis de madeira.

— Acho-as uma droga — diz Mona.
— Uma droga, mas chamam a atenção.
—Vou acabar sendo expulsa — diz Mona. — O desenho não tem mais valor nessa casa. Sempre preferem a foto.

Ela guarda seus esboços e pergunta com curiosidade:
— O que está havendo com Lucien? Você não o vê mais?
—Vejo, sim.
—Você nunca mais me pediu álibis.
—Voltarei a te pedir.

Mona sai do escritório, e Laurence volta a trabalhar com apuro no texto que acompanhará a imagem. O seu coração não está satisfeito. "Eis aqui mesmo a condição dilacerada da mulher que trabalha fora", pensou ela com ironia. (Ela se sentia mais dilacerada quando não trabalhava.) Em casa, ela procura *slogans*. No escritório, ela pensa em Catherine. Há três dias, ela não pensa praticamente em nada mais.

A conversa foi longa e confusa. Laurence se perguntava que livro, que encontro havia emocionado Catherine; o que ela queria saber é como se poderia suprimir a infelicidade. Laurence falou das assistentes sociais que ajudam os velhos e os indigentes. Das enfermeiras, dos médicos que curam os doentes.

— Eu poderei ser médica?
— Se você continuar trabalhando direito, certamente.

O rosto de Catherine se iluminou; elas sonharam com o seu futuro: ela cuidaria das crianças; das suas mães também, mas sobretudo das crianças.

—Você, o que faz para as pessoas infelizes?

Esse impiedoso olhar das crianças que não têm censura...
— Eu ajudo o papai a ganhar dinheiro. Graças a mim você poderá continuar os estudos e curar os doentes.
— E o papai?
— Ele constrói casas para as pessoas que não têm. É também uma maneira de ajudá-las, entende?

(Enorme mentira. Mas a que verdade recorrer?) Catherine ficou perplexa. Por que não dão de comer para todo mundo? Laurence fez novas perguntas, e a menina acabou falando do cartaz. Porque era mais importante ou para esconder outra coisa?

Talvez o cartaz fosse a verdadeira explicação, afinal. Poder da imagem. "Os dois terços do mundo com fome", e essa cabeça de criança, tão bonita, com olhos grandes demais e a boca fechada sobre um terrível segredo. Para mim é um sinal: o sinal de que prossegue a luta contra a fome. Catherine viu um menino da idade dela sofrendo de fome; me lembro: como me pareciam insensíveis os adultos! Há tantas coisas que não notamos! Bem, notamos sim, mas passamos adiante porque sabemos que é inútil aprofundar o assunto. A consciência pesada — nesse ponto, por uma vez, papai e Jean-Charles estão de acordo — serve para quê? Aquele caso de torturas, há três anos, fiquei doente, ou quase: para quê? Os horrores do mundo, temos que nos acostumar com eles, são inúmeros: a engorda dos gansos, a excisão, os linchamentos, os abortos, os suicídios, as crianças mártires, as casas da morte, os massacres de reféns, as repressões, a gente vê isso no cinema, na televisão, e passa adiante. Isso desaparecerá, necessariamente; é uma questão de tempo. Só que as crianças vivem no presente, não têm defesa. "Deveríamos pensar nas crianças. Não deveríamos expor tais fotos nas paredes", pensa Laurence. Reflexão abjeta. Abjeta: uma palavra dos meus 15 anos. Mas o que significa? Tenho a reação normal de uma mãe que quer proteger a filha.

"Hoje à noite, papai vai te explicar tudo", concluiu Laurence. Dez anos e meio: o momento para uma filha se afastar um pouco da mãe e fixar-se no pai. E ele encontrará melhor do que eu os argumentos satisfatórios, pensou ela.

No início, o tom de Jean-Charles a incomodou. Não exatamente irônico, nem condescendente: paternalista. Depois ele fez um pequeno discurso muito claro, muito convincente. Até agora os diversos pontos da Terra estavam afastados entre si, os homens não sabiam se virar muito bem e eram egoístas. Este cartaz prova que queremos que as coisas mudem. Agora se pode produzir muito mais alimentos do que antes, e transportá-los rápida e facilmente dos países ricos aos países pobres: organizações cuidam disso. Jean-Charles tornou-se lírico, como a cada vez que ele evoca o futuro: os desertos se cobriram de trigo, de legumes, de frutas, a terra inteira se transformou na terra prometida; empanturradas de leite, de arroz, de tomates e de laranjas, todas as crianças sorriam. Catherine escutava, fascinada: ela via os pomares e os campos em festa.

— Ninguém mais ficará triste, dentro de dez anos?

— Não podemos dizer isso, mas todos comerão: todos serão muito mais felizes.

Então ela disse, em tom compenetrado:

— Teria preferido nascer dez anos mais tarde.

Jean-Charles riu, orgulhoso da precocidade da sua filha. Ele não leva suas lágrimas a sério, satisfeito com seus sucessos escolares. Muitas vezes as crianças ficam desorientadas quando entram no ginásio; mas ela se diverte com o latim; tem boas notas em todas as matérias. "Vai ser alguém na vida", me disse Jean-Charles. Sim, mas quem? Por ora, é uma criança que sofre, e não sei como consolá-la.

O telefone interno toca.

— Laurence? Você está sozinha?

— Estou.

— Passo aí para te dar um abraço.

Ele vai brigar comigo, pensa Laurence; é verdade que não lhe deu atenção desde a volta ao trabalho; teve que reabrir a casa, pôr Goya a par das coisas; Louise teve uma bronquite. Já se passaram 18 meses desde aquela festa na Publinf onde, tradicionalmente, nem os maridos nem as esposas são admitidos. Dançaram muito tempo juntos — ele dança muito bem —, se abraçaram e o milagre se repetiu: aquele fogo nas veias, aquela vertigem. Se reencontraram na casa dele, ela só chegou de madrugada, fingindo estar embriagada — apesar de não ter bebido nada (ela não bebe nunca) —, sem remorsos, porque Jean-Charles não ia saber de nada e não haveria dia seguinte. Depois, quanta agitação! Ele me perseguia, ele chorava, eu cedia, ele rompia, eu sofria, eu procurava por toda parte a Giulietta vermelha, me pendurava no telefone, ele voltava, suplicava: deixe seu marido, não, nunca; mas te amo, ele me insultava, ia embora de novo, eu aguardava, esperava, me desesperava, reencontrávamo-nos, que felicidade, sofri tanto sem você, e eu sem você; confesse tudo ao seu marido, nunca... Todas essas idas e vindas e sempre chegar à estaca zero...

— Eu precisava justamente do seu parecer — diz Laurence. — Qual dos dois projetos você prefere?

Lucien inclina-se no ombro dela. Examina as duas fotografias; ela se comove com o ar pensativo dele.

— É difícil decidir. Jogam com duas motivações completamente diferentes.

— Quais são as mais eficazes?

— Não conheço nenhuma estatística convincente. Vá pela sua intuição.

Ele põe a mão no ombro de Laurence:

— Quando é que vamos jantar juntos?

— Jean-Charles parte para o Roussillon com Vergne dentro de uma semana.
— Uma semana!
— Por favor! Tenho preocupações em casa, por causa da minha filha.
— Não tem nada a ver.
— Tem, sim.

Discussão muito conhecida: você não quer mais me ver, quero sim, entenda, entendo demais... (Será que, neste momento, num outro canto da galáxia, um outro Lucien, uma outra Laurence dizem as mesmas palavras? Certamente, pelo menos em escritórios, quartos, cafés, em Paris, Londres, Roma, Nova York, Tóquio, talvez até em Moscou.)

— Vamos tomar um drinque juntos amanhã à noite, na saída. Concorda?

Ele olha para ela com um ar de censura:

— Não tenho escolha.

Lucien saiu zangado: uma pena. Fez um sério esforço para aceitar a situação. Ele sabe que nunca se divorciará e não a ameaça mais de romper. Submete-se a tudo, ou quase. Ela gosta dele; lhe permite descansar de Jean-Charles; tão diferente: a água e o fogo. Ele gosta das novelas que contam histórias, as lembranças de infância, fazer perguntas, passear à toa. E também, debaixo do seu olhar, ela se sente preciosa. Preciosa: se deixa fisgar, ela também. A gente acha que gosta de um homem; a gente faz questão de uma certa ideia de si, de uma ilusão de liberdade, ou de imprevisto, de miragens. (É verdade, ou a profissão é que me deforma?) Laurence está acabando de redigir o seu texto. Finalmente ela escolhe a jovem mulher em trajes vaporosos. Fecha o escritório, entra no carro; enquanto calça as luvas e troca de sapatos, uma alegria desponta dentro dela. Em pensamento já está na rue de l'Université, no apartamento cheio de livros e de um forte cheiro de tabaco. Infelizmente, ela nunca demora muito tempo lá... É do pai que ela gosta mais no mundo — e vê Dominique muito mais. A minha vida inteira assim: era do meu pai que eu gostava e fora minha mãe que me fizera.

"Seu cafajeste!" Ela vacilou durante meio segundo a mais, o sujeito gordo lhe tirou a vaga. De novo circular sem rumo por essas ruazinhas de mão única onde os para-choques encostam uns nos outros dos dois lados. Estacionamentos subterrâneos, centros urbanos em quatro níveis, cidade técnica debaixo do leito do rio Sena; daqui a dez anos. Eu também preferiria viver dez anos mais tarde. Enfim um lugar! Cem metros a pé. E ela troca de mundo: uma guarita de porteiro à antiga, com uma cortina plissada e cheiros de cozinha, um pátio silencioso, uma escada de pedra que ressoa debaixo dos passos.

— Está ficando cada vez mais difícil estacionar.

—Você que o diga!

Com o seu pai, nem as banalidades são banais, por causa daquela luz de cumplicidade nos olhos dele. Os dois gostam da cumplicidade: aqueles momentos durante os quais nos sentimos tão próximos como se vivêssemos unicamente um para o outro. A luz brilha, maliciosa, quando, depois de tê-la mandado sentar e ter-lhe servido um suco de laranja, ele pergunta:

— Como vai a sua mãe?

— Está em plena forma.

— A quem ela está imitando agora?

É uma ladainha entre eles, essa pergunta que fazia Freud a propósito de uma histérica. O fato é que Dominique sempre imitava alguém.

— Acho que agora é Jacqueline Verdelet. Usa o mesmo penteado e deixou de lado Cardin por Balenciaga.

— Ela frequenta os Verdelet? Essa ralé...

É verdade que nunca hesitou em apertar a mão de ninguém... Falou com ela sobre Serge?

— Não *quer* fazer nada por ele.

— Eu sabia.

— Não parece ter nenhuma afeição por meus tios. Chama-os de Philémon e Baucis...

— Não é bem assim. Creio que minha irmã já perdeu as ilusões sobre Bernard. Não o ama mais de amor.

— E ele?

— Nunca lhe deu o devido valor.

Amar de amor; verdadeiro valor. Para ele essas palavras têm sentido. Ele amou Dominique de amor. E a quem mais? Ser amada por ele: alguma mulher já foi digna do seu amor? Não, creio que não, não teria aquela ruga de desilusão no cantinho da boca.

— As pessoas sempre me espantam — retrucou ele. — Bernard é contra o regime e acha natural que o seu filho queira entrar na ORTF, um feudo do governo. Devo ser um velho idealista impenitente. Sempre tentei colocar a minha vida em acordo com os meus princípios.

— Eu não tenho princípios — diz Laurence, com pesar.

—Você não os ostenta, mas você é correta, isto é melhor do que o contrário — diz o pai, com ardor.

Ela ri, bebe um gole de suco de laranja, se sente bem. O que ela não daria por um elogio dele? Incapaz de um falso compromisso, de uma manobra, indiferente ao dinheiro; única.

Ele remexe os seus discos. Nada de aparelho de som de alta fidelidade, mas um grande número de discos escolhidos com amor.

—Vou te fazer escutar uma coisa admirável: uma nova gravação da *Coroação de Poppée*.

Laurence tenta concentrar-se. Uma mulher se despede da pátria, dos amigos. É bonito. Ela olha para seu pai: poder recolher-se como ele. O que ela pensou ter encontrado em Jean-Charles, em Lucien, só ele possui: no seu rosto, um reflexo do infinito. Ser para si mesmo uma presença amiga; uma lareira que irradia calor. Me dou ao luxo de ter remorsos, me repreendo de tê-lo negligenciado. Mas sou eu que preciso dele. Ela olha para o pai e se pergunta qual é o seu segredo, se um dia o descobrirá. Ela já não escuta. Há muito tempo que a música não lhe diz nada. O patético de Monteverdi, o trágico de Beethoven se referem a dores que ela nunca experimentou: cheias e dominadas, ardentes. Ela conheceu alguns amargos tormentos, uma certa irritação, uma certa desolação, o desnorteio, o vazio, o tédio; sobretudo o tédio. Não se canta o tédio...

— Sim, é magnífico — disse ela, em voz fervorosa.

(Diga o que pensa, dizia a srta. Houchet. Mesmo com o pai dela, é impossível. A gente fala o que as pessoas esperam que a gente fale.)

— Eu sabia que você ia gostar. Ponho o outro lado?

— Hoje, não. Queria lhe pedir um conselho. A propósito de Catherine.

Imediatamente atento, acolhedor e não conhecendo com antecedência a resposta. Depois que termina de falar, ele fica pensativo:

— Está tudo bem entre Jean-Charles e você?

Pergunta pertinente. Talvez não chorasse tanto sobre as crianças judias assassinadas se não houvesse silêncios tão pesados em casa.

— Está tudo perfeito.

— Você respondeu bem depressa.

— Realmente, está tudo bem. Não tenho o dinamismo dele; mas justamente, para as crianças, faz um equilíbrio. A menos que eu seja distraída demais.

— Por causa do seu trabalho?

— Não. Tenho a impressão de estar distraída em geral. Mas não com as meninas, creio que não.

O pai se cala. Ela pergunta:

— O que é que eu posso responder para Catherine?

— Não há nada para responder. Uma vez feita a pergunta, não há nada para responder.

— Mas preciso responder. Por que existimos? Bom, isso é abstrato, é metafísica; essa questão não me preocupa muito. Mas a infelicidade: é algo chocante para uma criança.

— Mesmo através da infelicidade pode-se encontrar a alegria. Mas confesso que não é fácil convencer disso uma menina de dez anos.

— Então?

— Então vou tentar falar com ela e compreender o que a perturba. Depois eu falo com você.

Laurence se levanta:

— Tenho que ir, está na hora.

Talvez papai seja mais habilidoso do que Jean-Charles e do que eu, pensa Laurence. Ele sabe falar com as crianças; com todo mundo ele acha o tom. E inventa presentes lindos. Chegando ao apartamento, ele tira do bolso um cilindro de cartolina cercado de linhas brilhantes, parecido com uma bala de maçã gigante. Uma atrás da outra, Louise, Catherine, Laurence encostam um olho numa das extremidades: encantamento das cores e das formas que se fazem, se desfazem, tremem e se multiplicam na fugidia simetria de um octógono. Um caleidoscópio sem nada dentro; é o mundo que fornece a matéria: as dálias, o tapete, as cortinas, os livros. Jean-Charles olha também.

— Isso seria muito útil para um desenhista de tecidos ou de papel de parede — disse ele. — Dez ideias por minuto…

Laurence serve a sopa, que seu pai engole calado. ("Você não come, você se alimenta", disse-lhe um dia; ela é tão indiferente quanto Jean-Charles aos prazeres da mesa.) Ele conta para as crianças histórias que as fazem rir e, sem parecer fazer perguntas, ele indaga. Seria engraçado passear na lua? Teriam medo de ir? Não, nem um pouco; se um dia fôssemos, seria já comum, não seria mais perigoso do que pegar um avião. O homem no espaço não impressionou-as nem um pouco: na televisão acharam-no um tanto palerma; já haviam lido essa história, em quadrinhos, e também a da aterrissagem na lua; o que as admira é que ainda não se tenha desembarcado lá. Elas gostariam de conhecer esses homens, esses super-homens, esses sub-homens dos quais lhes falou o pai, que vivem em outros planetas. Descrevem-nos, falam ao mesmo tempo, excitadas pelo barulho da própria voz, a presença do avô e a fartura, relativa, do jantar. Fazem astronomia no colégio? Não. Mas a gente se diverte, diz Louise. Catherine fala de sua amiga Brigitte, que tem um ano a mais do que ela, é tão inteligente, da sua professora de francês, que é um pouco boba. Boba, como? Ela fala besteiras. Não se pode conseguir nada além disso. Enquanto elas se empanturram de sorvete de abacaxi, suplicam ao avô que as leve num domingo a passear de carro, conforme lhes prometeu. Os Castelos do Loire, dos quais se fala na História da França...

— Você não acha que Laurence se preocupa à toa? — pergunta Jean-Charles quando ficam a sós os três. — Na idade da Catherine todas as crianças inteligentes se fazem perguntas.

— Mas por que essas perguntas? — diz Laurence. — Ela tem uma vida muito protegida.

— Qual a vida que é protegida, hoje, com os jornais, a televisão, o cinema? — diz o pai.

— Quanto à televisão, eu tomo muito cuidado — diz Laurence. — E não deixamos nenhum jornal à vista.

Ela proibiu Catherine de ler os jornais: explicou-lhe, com exemplos, que quando não se tem bastante conhecimentos há risco de compreender as coisas de maneira errada; e que os jornais mentem muito.

— Você não pode também controlar tudo. Conhece a nova amiguinha dela?

— Não.

— Mande-a trazê-la aqui. Procure saber quem é ela e do que falam juntas.

— De qualquer modo, Catherine está alegre, com boa saúde, está estudando direito — diz Jean-Charles. — Não se deve levar para o lado trágico uma pequena crise de sensibilidade.

Laurence queria pensar que Jean-Charles estava certo. Quando vai dar um beijo nas crianças no quarto, elas pulam em cima das camas, dão cambalhotas e riem às gargalhadas. Laurence ri com elas, mas lembra-se do rosto ansioso de Catherine. Quem é Brigitte? Mesmo se ela não desempenha nenhum papel nessa história, eu devia me ter feito essa pergunta. Coisas demais me escapam.

Ela volta para o estúdio. Seu pai e Jean-Charles estão empenhados numa dessas discussões que os opõem todas as sextas-feiras.

— Claro que não, os homens não perderam as suas raízes — diz Jean-Charles, com impaciência. — A novidade é que estão enraizados planetariamente.

— Não estão mais em nenhum lugar e ao mesmo tempo estão em toda parte. Nunca se viajou tão mal!

— Você queria que uma viagem fosse uma mudança radical. Mas a Terra não é nada senão um só país. A tal ponto que se estranha o deslocamento de um a outro lugar exigir tempo.

Jean-Charles olha para Laurence:

— Você lembra a nossa última volta de Nova York? Estamos tão acostumados com os jatos que sete horas de viagem nos pareceram uma eternidade.

— Proust fala a mesma coisa a respeito do telefone. Você não lembra? Quando ele chama a sua avó, de Doncières: nota que o milagre dessa voz a distância já se tornou tão familiar para ele que a espera o irrita.

— Não me lembro — diz Jean-Charles.

— As crianças desta geração acham normal passear pelo espaço. Nada mais espanta ninguém. Breve a técnica nos aparecerá como a própria natureza e viveremos em um mundo perfeitamente desumano.

— Por que desumano? O homem mudará de rosto; não podemos encerrá-lo num conceito imutável. Mas o lazer lhe permitirá reencontrar aqueles valores que você tanto preza: o indivíduo, a arte.

— Não estamos no bom caminho.

— Estamos, sim! Vejam a arte decorativa; vejam a arquitetura. Não nos satisfazemos mais com o funcional. Estamos voltando a um certo barroco, isto é, a valores estéticos.

De que adianta?, pensa Laurence. De qualquer modo, o tempo não passará mais rápido nem mais lento. Jean-Charles já vive em 1985, papai sente saudades de 1925. Pelo menos ele fala de um mundo que existiu e do qual ele gostou; Jean-Charles inventa um futuro que talvez não se realizará.

— Você há de convir que não existe nada mais feio do que a paisagem ferroviária de antigamente — disse ele. — Agora a S.N.C.F. e a E.D.F.[2] fazem um notável esforço para salvaguardar a beleza da paisagem francesa.

— Um esforço um tanto infeliz.

---

[2] S.N.C.F.: Societé Nationale des Chemins de fer Français, empresa ferroviária pública francesa, e E.D.F.: Electricité de France, maior produtora e distribuidora de energia da França. (N. E.)

— Ora, não…

Jean-Charles enumera estações e centrais elétricas perfeitamente adaptadas ao meio ambiente. Nessas discussões, é sempre ele quem leva vantagem porque cita fatos. Laurence sorri para o pai. Este escolheu ficar calado, mas o clarão nos seus olhos, a dobrinha na sua boca indicam que ele mantém as suas convicções.

Ele vai embora, pensa Laurence, e mais uma vez o terá mal aproveitado. O que é que está acontecendo comigo? Sempre a pensar em outra coisa.

— O seu pai é realmente o tipo de homem que se recusa a entrar no século XX — diz Jean-Charles uma hora mais tarde.

—Você vive no século XXI — diz Laurence, sorrindo.

Ela se instala à sua mesa. Tem que examinar profundamente as recentes pesquisas que Lucien dirigiu; ela abre o dossiê. É fastidioso, deprimente, até. O liso, o brilhoso, o lustrado, sonho de deslizamento, de perfeição gelada; valores do erotismo e valores da infância (inocência); velocidade, dominação, calor, segurança. Podem todos os gostos explicar-se por fantasmas tão rudimentares? Ou são particularmente retardados os consumidores interrogados? Pouco provável. Fazem um trabalho ingrato esses psicólogos: inúmeros questionários, refinamentos, trapaças, e caímos sempre sobre as mesmas respostas. As pessoas querem novidade, mas sem risco; algo divertido, mas que seja sério; prestígio, mas sem pagar caro… Para ela, é sempre o mesmo problema: atiçar, surpreender tranquilizando; o produto mágico que transtorna nossa vida sem incomodá-la em nada. Ela pergunta:

—Você se fazia muitas perguntas quando era criança?

— Suponho que sim.

— Não lembra quais?

— Não lembro.

Mergulha de novo no livro. Ele diz ter esquecido tudo da sua infância. Um pai pequeno industrial na Normandia, dois irmãos, relações normais com a mãe; nenhuma razão para fugir do seu passado. O fato é que disso ele não fala nunca.

Ele vai lendo. Já que este dossiê é chato, ela também poderia ler um livro. Que livro? Jean-Charles adora os livros que não falam sobre nada. Você entende, o que há de formidável nesses jovens autores é que não escrevem para contar uma história: escrevem por escrever, como quem amontoa pedras uma em cima da outra, pelo prazer. Ela começou a ler uma descrição, em trezentas páginas, de uma ponte suspensa; não aguentou dez minutos. Quanto às novelas que lhe aconselha Lucien, falam de gente, de acontecimentos tão distantes da sua vida quanto Monteverdi.

Assim seja. A literatura não me diz mais nada. Mas eu deveria tentar estudar alguma coisa: tornei-me tão ignorante! Papai dizia: "Laurence será como eu, um rato de biblioteca." E em vez disso… Porque regrediu durante os primeiros anos do seu casamento, ela já entendeu, o caso é clássico. O amor, a maternidade, é um choque emocional violento para quem casa cedo, quando entre a inteligência e a afetividade ainda não se estabeleceu um harmonioso equilíbrio. Me parecia não ter mais futuro: Jean-Charles, as meninas, eles, sim, tinham; eu, não. Então, para que me cultivar? Círculo vicioso: me desleixava, me entediava e me sentia cada vez mais sem a posse de mim mesma. (E, claro, sua depressão tinha causas mais profundas, mas não precisou de um psicanalista para se salvar: abraçou uma profissão que a interessou. Recuperou-se.) E agora? O problema é outro: falta-me tempo; as ideias que devo encontrar, os *slogans* que devo redigir se tornam uma obsessão. Mesmo assim, logo que entrou na Publinf lia pelo menos os jornais; agora conta com Jean-Charles para se manter informada: não basta. "Tenha a sua própria opinião!", dizia a srta. Houchet. Como ficaria decepcionada se me visse hoje! Laurence estende a mão para o *Le Monde* que está jogado em cima de uma mesinha. É desanimador; era preciso nunca ter-se desligado, do contrário, a gente se afoga. Tudo sempre começou antes. O que é o Burundi? E a OCAM? Por que os bonzos se agitam? Quem era o general Delgado? Onde fica exatamente Gana? Ela dobra o jornal, aliviada mesmo assim, porque nunca se sabe o que está arriscado nele encontrar. Por mais que me tenha petrificado, não sou tão sólida quanto eles "O lado convulsivo das mulheres", diz Jean-Charles, que é, porém, feminista. Luto contra. Detesto as convulsões, por isso o melhor é evitar as oportunidades.

Ela retoma o dossiê. Por que existimos? Não é meu problema. Existimos. Tratar de não prestar atenção, tomar o impulso, seguir em frente até a morte. O impulso se quebrou há cinco anos. Eu quiquei. Mas o tempo demora a passar. A gente cai outra vez. Meu problema é aquele desmoronamento de tempos em tempos, como se houvesse uma resposta à pergunta de Catherine, uma resposta assustadora. Mas não! Pensar isso já é tender para a neurose. Não tornarei a cair. Agora estou prevenida, estou armada, me seguro. E, aliás, as verdadeiras razões de minha crise, não as ignoro e já superei; já achei uma explicação para o conflito que opõe os meus sentimentos por Jean-Charles aos que tenho por meu pai; não me aflijo mais. Estou às claras comigo mesma.

As crianças estão dormindo, Jean-Charles, lendo. Em algum lugar, Lucien pensa nela. À sua volta ela sente a vida, cheia, quente, ninho, invólucro, e basta um pouco de vigilância para que nada rache essa segurança.

Capítulo II

— Por que Gilbert quer me ver?
No fundo dos jardins molhados que cheiram a outono e província, todas as casas de Neuilly se parecem com clínicas.
— Não fale isso para Dominique.
Havia medo na sua voz. Um câncer? Ou será que é o coração?
— Obrigado por ter vindo.
Harmonia dos cinzas e vermelhos, carpete preto, edições raras nas estantes de madeira preciosa, dois quadros modernos com assinaturas caras, o equipamento de som em alta fidelidade, o bar: é este escritório de bilionário que se tenta vender a cada cliente pelo preço de um corte de tecido ou de uma estante em pinho.
— Um pouco de uísque?
— Não, obrigada. — Ela está com um nó na garganta. — O que está acontecendo?
— Um suco de fruta?
— Aceito.
Gilbert a serve, se serve, põe gelo no próprio copo: não está com pressa. Porque costuma dirigir o jogo e falar somente na sua hora ou porque está confuso?
— Você conhece bem Dominique: poderá me dar um conselho.
O coração, ou um câncer. Para que Gilbert peça um conselho a Laurence, deve ser muito grave. Ela escuta palavras que ficam suspensas no ar, desprovidas de sentido:
— Estou apaixonado por uma moça.
— Assim?
— Apaixonado. Por uma moça de 19 anos.
Sua boca esboça um sorriso redondo, e ele fala em voz paternal, como se estivesse explicando a uma débil mental uma verdade muito simples:
— Não é tão raro, hoje em dia, uma moça de 19 anos gostar de um homem de mais de cinquenta.
— Porque ela também gosta de você?
— Sim.

— Não — grita Laurence, sem voz.

— Mamãe! Minha pobre mãe! Ela não quer interrogar Gilbert, não quer ajudá-lo a se explicar. Ele se cala. Ela cede, não está à altura:

— E aí?

— Aí vamos nos casar.

Desta vez ela grita em voz alta:

— Mas é impossível!

— Marie-Claire aceita o divórcio. Ela conhece Patricia e gosta muito dela.

— Patricia?

— Sim. A filha de Lucile de Saint-Chamont.

— É impossível! — repete Laurence.

Ela já viu Patricia uma vez, uma garotinha de doze anos, loura e afetada; e viu a foto dela ano passado, toda de branco no baile das debutantes; uma charmosa boboca, dura, que a mãe joga em braços ricos.

— Você não vai abandonar Dominique. Sete anos!

— Por isso mesmo.

Ele usou a sua voz cínica e arredondou a boca, empurrando para a frente um sorriso. Ele é simplesmente safado. Laurence sente o seu coração bater muito forte, muito rápido; ela está vivendo um desses pesadelos durante os quais não sabemos se as coisas acontecem conosco realmente ou se estamos assistindo a um filme de terror. Marie-Claire aceita o divórcio; claro, ela está feliz da vida de passar Dominique para trás.

— Mas Dominique gosta de você. Ela pensa que vocês vão terminar a vida juntos. Não vai suportar ser abandonada.

— Suporta, sim, suporta — diz Gilbert.

Laurence se cala, todas as palavras são inúteis, ela sabe.

— Vamos, não faça esse ar consternado. Sua mãe tem recursos. Ela tem plena consciência de que uma mulher de 51 anos é mais velha que um homem de 55. Ela gosta da sua profissão, da sua vida social, ela vai se conformar. Me pergunto apenas, é sobre isso que eu queria consultar você, qual é a melhor maneira de lhe apresentar as coisas.

— Todas serão péssimas.

Gilbert olha para Laurence com aquele ar encantado que lhe valeu a sua reputação de charmoso.

— Tenho muita confiança no seu julgamento. No seu entender, devo apenas lhe dizer que não a amo mais ou lhe falar logo de Patricia?

— Ela não vai suportar. Não faça isso! — suplica Laurence.

— Falarei com ela amanhã à tarde. Trate de estar com ela no final do dia; vai precisar de alguém. Você me telefona para dizer como ela reagiu.

— Ah, não! — disse Laurence.

— É preciso feri-la o menos possível; queria inclusive poder conservar a sua amizade: é para o bem dela.

Laurence se levanta e anda até a porta; ele a segura pelo braço.

— Não fale com ela sobre esta conversa.

— Farei o que eu quiser.

Atrás dela, Gilbert resmunga asneiras; ela não aperta a mão dele e bate a porta, odeia-o. É um alívio poder confessar de repente para si mesma: "Sempre detestei Gilbert." Laurence caminha pisando nas folhas secas, e ao redor dela o medo está espesso como uma neblina; mas luminosa, dura, uma evidência atravessa a escuridão: "Eu o odeio!" E ela pensa: "Dominique vai odiá-lo!" Está orgulhosa, forte. "Não se comporta como uma mulherzinha qualquer." Ela vai sofrer, mas o seu orgulho vai salvá-la. Papel difícil mas bonito: a mulher que engole com elegância uma ruptura. Ela vai se jogar no trabalho, vai ter um novo amante... E se eu fosse pessoalmente avisá-la logo? Laurence fica sentada, imóvel, ao volante do seu carro. Está suada de repente, com vontade de vomitar. Impossível Dominique ouvir essas palavras que Gilbert quer lhe dizer. Alguma coisa vai acontecer: ele vai morrer durante a noite. Ou ela. Ou a Terra vai explodir.

Amanhã é hoje; a Terra não explodiu. Laurence estaciona numa faixa para pedestres, dane-se a multa. Por três vezes ela ligou do escritório e escutou a campainha: ocupado. Dominique deixou o telefone fora do gancho. Ela pega o elevador, enxuga as mãos suadas. Tenta ter um ar natural.

— Não estou incomodando? Não conseguia falar com você ao telefone e queria lhe pedir um conselho.

É tudo mentira, ela nunca pede conselhos à mãe, mas Dominique mal escutou:

— Entre.

Elas se sentam num canto aconchegante do salão em tons apagados. Dentro de um vaso, um enorme buquê de flores amarelas e pontiagudas que se parecem com pássaros maus. Dominique está com os olhos inchados. Estará chorando? Num tom de desafio quase triunfante, ela diz:

— Tenho uma boa para te contar!

— O quê?

— Gilbert acaba de me anunciar que ama outra mulher.

— É brincadeira! Quem é?

— Ele não me disse. Explicou apenas que tínhamos que "colocar nossa relação num outro plano". Linda fórmula! Ele não vai estar em Feuverolles este fim de semana. — A voz escarnecedora vibra de ódio: — Ele me abandona, em outras palavras! Mas eu vou saber quem é essa pessoa e juro que vou fazer alguma coisa!

Laurence vacila: deve acabar de uma vez com tudo? Seu coração está falhando; ela está com medo. Precisa ganhar tempo.

Deve ser apenas um capricho.

— Gilbert nunca tem caprichos, só tem vontades. — De repente um grito: — Filho da puta! Filho da puta!

Laurence pega a mãe pelos ombros:

— Não grite.

— Gritarei tudo o que quiser. Filho da puta, filho da puta!

Laurence nunca imaginara que sua mãe fosse capaz de gritar assim, que alguém pudesse gritar assim: parece teatro de má qualidade. No teatro, sim; não de verdade, não na vida real. A voz sobe, aguda, indecente na tepidez do canto do salão:

— Filho da puta! Filho da puta!

(Num outro salão, completamente diferente, exatamente igual, com vasos cheios de flores luxuosas, o mesmo grito sai de outra boca: "Filho da puta!")

Dominique desmoronou no sofá, está em prantos:

— Você já viu: fazer isso comigo! Me abandonar como uma mulherzinha qualquer!

— Você não desconfiava de nada?

— Nada. Me enganou mesmo. Você viu naquele domingo: era só sorrisos.

— O que foi que ele falou exatamente?

Dominique levanta-se, passa a mão nos cabelos, as lágrimas escorrem.

— Ele disse que me devia a verdade. Me estima, me admira; o blá--blá-blá habitual. Mas que ama outra.

— Você não perguntou o nome?

— Agi errado — diz Dominique, sem abrir a boca. Ela enxuga os olhos. — Estou escutando daqui todas as boas amiguinhas. Gilbert Mortier abandonou Dominique. Quanto júbilo para elas!

— Substitua-o logo; são tantos os caras que dão em cima de você.
— Pois sim: pequenos arrivistas...
— Faça uma viagem; mostre a todos que você pode viver sem ele. É um filho da puta, você tem razão. Dê um jeito de esquecê-lo.
— Ele ficaria feliz demais! Como seria cômodo para ele.
Dominique se levanta, anda pelo salão.
— Eu o trarei de volta. De uma maneira ou de outra. — Ela olha para Laurence com olhos maus: — Gilbert era a minha última chance, você entende?
— Não era, não.
— Ora essa! Aos 51 anos, não se refaz a vida. — Ela repete, em tom obsessivo: — Eu o trarei de volta! Por bem ou por mal.
— À força?
— Se eu encontrar um meio de pressioná-lo.
— Que meio?
— Procurarei.
— Mas do que lhe adiantaria permanecer com ele, se é à força?
— Permaneceria com ele. Não seria uma mulher abandonada.
Ela torna a sentar-se, os olhos fixos, a boca apertada. Laurence fala. Diz palavras colhidas outrora nos lábios de sua mãe; dignidade, serenidade, coragem, respeito a si mesmo, fazer boa figura, manter a linha, desempenhar o bom papel. Dominique não responde nada. Fala com um ar cansado:
— Volte para casa. Preciso pensar. Faça o favor de ligar por mim para os Petridès avisando que estou com uma angina.
— Você vai conseguir dormir?
— De qualquer modo, não abusarei dos tranquilizantes, se é isso que a preocupa.
Ela pega as mãos de Laurence, num gesto insólito, constrangedor; seus dedos se crispam nos punhos.
— Procure saber quem é essa mulher.
— Não conheço o meio do Gilbert.
— Procure mesmo assim.
Laurence desce lentamente a escada. Alguma coisa convulsiona o seu peito e a impede de respirar. Ela preferia romper em ternura ou em tristeza. Mas tem aquele grito nos seus ouvidos, ela revê aquele olhar mau. Raiva e vaidade ferida, dor tão pungente quanto uma dor de amor; mas sem amor. Quem amaria Gilbert de amor? E Dominique,

amou algum dia? Ela é capaz de amar? (Ele andava pela casa feito uma alma penada, já a amara, ainda a amava. E Laurence rompia em tristeza e ternura. E desde então, sempre houvera ao redor de Dominique como um halo maléfico.) Nem o seu sofrimento a humaniza. É como ouvir o ranger de uma lagosta, um barulho inarticulado, não evocando nada, a não ser a dor nua. Muito mais intolerável do que se fosse possível dividi-la.

Eu tentava não escutar, mas as lagostas ainda rangiam nos meus ouvidos quando entrei na minha casa. Louise batia claras em neve na cozinha, sob a vigilância de Goya; dei um abraço nela.

— Catherine já chegou?

— Está no quarto, com Brigitte.

Estavam sentadas uma em frente à outra, no escuro. Acendi a luz, Brigitte levantou-se:

— Boa noite, senhora.

Imediatamente notei o alfinete de fralda plantado na bainha de sua saia: uma criança sem mãe, soubera através de Catherine; comprida, magra, cabelos castanhos curtos demais e malcuidados, um pulôver azul desbotado; mais bem-arrumada, ela poderia ser bonita. O quarto estava em desordem: cadeiras viradas, almofadas pelo chão.

— Prazer em conhecê-la.

Dei um beijo em Catherine.

— Estão brincando de quê?

— Estávamos conversando.

— E esta desordem?

— Oh! Agora, com Louise, ficamos brincando.

—Vamos arrumar — disse Brigitte.

— Não tem pressa.

Levantei uma poltrona do chão e me sentei. Que tenham corrido, pulado, virado móveis, não me importava; mas do que estavam falando, quando entrei?

— Do que estavam falando?

— De nada em especial, estávamos conversando — diz Catherine.

De pé na minha frente, Brigitte me examinava, sem insolência, mas com uma franca curiosidade. Estava um pouco constrangida. Entre adultos a gente não se olha de verdade. Aqueles olhinhos me viam. Peguei o *Dom Quixote* sobre a mesa — uma versão abreviada e ilustrada — que Catherine emprestara à sua amiga.

— Acabou de ler? Gostou? Sente-se.

Ela sentou-se.

— Não acabei. — Ela me dirigiu um lindíssimo sorriso, nem um pouco infantil, um tanto provocante, até. — Me aborreço quando um livro é longo demais. E prefiro as histórias reais.

— As narrações históricas?

— Sim, e as viagens; e o que se lê nos jornais.

— Seu pai a deixa ler os jornais?

Ela pareceu estupefata; em voz hesitante, murmurou:

— Sim.

Papai tem razão, pensei, eu não controlo tudo. Se ela leva os jornais ao colégio, se conta o que leu nesses jornais... todas aquelas horríveis crônicas policiais: crianças afogadas pela própria mãe!

— Você entende tudo?

— Meu irmão me explica.

O irmão dela é estudante, o pai, médico. Sozinha entre dois homens. Não devem vigiá-la muito. Lucien diz que as meninas que têm irmãos maiores amadurecem mais rápido do que as outras; talvez seja por isso que ela já tem modos de mulher.

— O que você quer fazer quando crescer? Tem projetos?

As duas se olharam com ar de cúmplices.

— Serei médica. Ela será agrônoma — disse Catherine.

— Agrônoma? Você gosta do campo?

— Meu avô diz que o futuro depende dos agrônomos.

Não ousei perguntar quem era esse avô. Olhei para o relógio. Quinze para as oito.

— Catherine tem que se preparar para jantar. Na sua casa também devem estar lhe esperando.

— Oh! Na minha casa, a gente janta quando quer — disse ela com desenvoltura. — Certamente, ainda não tem ninguém em casa.

Sim, o caso dela era claro. Uma menina abandonada que aprendeu a ser autossuficiente. Não lhe permitiam nem lhe proibiam nada; ela crescia, ao acaso. Como Catherine parecia infantil em comparação! Teria sido gentil convidá-la para jantar. Mas Jean-Charles detesta o imprevisto. E, não sei por quê, não queria que ele encontrasse Brigitte.

— Já está na hora de você voltar. Mas espere, que vou dar um ponto na sua saia.

As orelhas dela ficaram vermelhinhas.

— Oh! Não precisa.

— Sim, fica feio.

—Vou consertá-la quando chegar em casa.

— Me deixe pelo menos ajeitar o alfinete.

Depois de feito, ela sorriu.

—Você é gentil!

— Queria que nos conhecêssemos melhor. O que você diz de irmos terça-feira ao Museu do Homem, com Catherine e Louise?

— Oh! Sim!

Catherine levou Brigitte até a porta de entrada; falaram baixinho e riram. Teria gostado de sentar no escuro com uma menina da minha idade e falarmos baixinho. Mas Dominique sempre dizia: "Com certeza é muito simpática, a sua colega, mas coitadinha, é tão simplesinha." Marthe teve uma amiga, a filha de um amigo do papai, tapada e burra. Eu, não. Nunca.

— É simpática, sua amiguinha.

— Brincamos muito juntas.

— Ela tem boas notas?

— Oh, sim, as melhores.

— As suas estão muito mais fracas do que no início do mês. Você não está cansada?

— Não.

Não insisti.

— Ela é mais velha que você, por isso tem direito de ler os jornais. Mas você se lembra do que já lhe disse: você é pequena demais ainda.

— Me lembro.

— E você não desobedece?

— Não.

Havia reticência na voz de Catherine.

—Você não parece muito convencida.

— Sim. Só que, você sabe, não é difícil compreender o que Brigitte me conta.

Senti-me confusa. Gosto de Brigitte. Será que ela tem uma boa influência sobre Catherine?

— É engraçado querer ser agrônoma; você entende isso?

— Eu prefiro ser médica. Cuidarei dos doentes, e ela fará crescer o trigo e os tomates nos desertos, e todo mundo poderá comer.

—Você mostrou a ela o cartaz em que o garotinho está com fome?

— Foi ela quem me mostrou.

Evidentemente. Mandei-a lavar as mãos e pentear os cabelos, e entrei no quarto de Louise. Sentada à sua mesa de estudos, ela desenhava. Me lembrei. O quarto escuro, com apenas uma lampadazinha acesa, os lápis coloridos, atrás de mim um longo dia salpicado de pequenos prazeres, e o mundo afora, imenso e misterioso. Preciosos momentos para sempre perdidos. Para ela também, um dia, ficarão perdidos para sempre. Que pena! Impedi-los de crescer. Ou então... o quê?

— É bonito o seu desenho, meu amor.

— Eu lhe dou.

— Obrigada. Vou colocá-lo em cima da mesa. Você brincou bastante com Brigitte?

— Ela me ensinou danças... — A voz de Louise ficou triste. — Mas, depois, me botaram para fora.

— Precisavam conversar. E assim você pôde ajudar Goya a preparar o jantar. Papai vai ficar orgulhoso quando souber que foi você quem quase fez o suflê.

Ela riu, e em seguida escutamos a chave virar na fechadura, e ela correu à frente do pai.

Era ontem. E Laurence está preocupada. Vai revendo o sorriso de Brigitte: "Você é gentil", e se emociona. Essa amizade pode ser proveitosa para Catherine; ela tem idade para se interessar pelo que acontece no mundo; eu não falo bastante sobre isso e o pai a intimida; no entanto, não devemos traumatizá-la. Os avós maternos de Brigitte vivem em Israel, ela ficou lá com eles o ano passado, o que a deixou atrasada nos estudos. Houve mortos na família dela? Todos aqueles horrores que me fizeram chorar tanto, será que contou para Catherine? Preciso ficar atenta, estar a par das coisas, informar eu mesma minha filha. Laurence tenta concentrar-se no *France-Soir*. Mais um acontecimento horroroso. Doze anos; ele se enforcou na prisão: pediu bananas, uma toalha e se enforcou.

"Despesas extras." Gilbert explicava que em toda empresa há obrigatoriamente despesas extras. Sim, obrigatoriamente. Mesmo assim, essa história transtornaria Catherine.

Gilbert. "Amor, como amor." Que filho da puta! "Filho da puta, filho da puta", grita Dominique no canto do salão. Hoje de manhã, ao telefone, ela disse em voz melancólica que havia dormido bem e desligou imediatamente. O que posso fazer por ela? Nada. É tão raro a gente poder fazer alguma coisa por alguém... Por Catherine, sim. Portanto, tenho que fazê-lo. Saber responder às suas perguntas e até antecedê-las. Fazê-la descobrir a realidade sem assustá-la. Para isso devo me informar primeiro. Jean-Charles reclama que me desinteresso pelo meu século; pedir que ele me indique livros; obrigar-me a lê-los. Não é novidade esse projeto. Periodicamente, Laurence toma resoluções, mas — por que razões exatamente? — sem ter realmente intenção de cumpri-las. Desta vez é diferente. Trata-se de Catherine. Não se perdoaria se faltasse com ela.

— É bom você estar aqui — diz Lucien.

Laurence está sentada, de robe, na poltrona de couro, e ele está aos pés, de robe, o rosto levantado para ela.

— Eu também estou bem.

— Queria que estivesse sempre aqui.

Fizeram amor, jantaram levemente, conversaram e fizeram amor outra vez. Ela gosta deste quarto; tem um sofá-cama coberto com uma pele, uma mesa, duas poltronas de couro preto compradas no mercado das pulgas, numa estante alguns livros, uma luneta astronômica, uma rosa dos ventos, um sextante, num canto esquis e malas em pele de porco; é desenvolto, nada luxuoso; mas não parece estranho que o armário esconda uma abundância de ternos elegantes, de casacos de pelica, de pulôveres de caxemira, de lenços, de sapatos. Lucien abre um pouco o roupão de Laurence e acaricia o seu joelho.

— Você tem joelhos bonitos. É raro joelhos bonitos.

— Você tem mãos bonitas.

Ele não é tão bem-feito quanto Jean-Charles, magro demais; mas as mãos são finas e nervosas, o rosto móvel, sensível, e os seus gestos têm uma graça sinuosa. Ele vive num mundo acolchoado, todo em nuanças, em matizes, em claro-escuro; enquanto que perto de Jean-Charles é sempre meio-dia: uma luz uniforme e crua.

— Você quer beber alguma coisa?

— Não, sirva-se você.

Ele se serve de um Bourbon *on the rocks*, de uma marca muito rara, parece; a comida o interessa pouco, mas do álcool e dos vinhos tem a pretensão de ser um conhecedor. Ele volta a sentar-se aos pés de Laurence.

— Aposto como você nunca tomou um porre.
— Não gosto de álcool.
— Você não gosta ou tem medo dele?

Ela acaricia os cabelos pretos que conservaram uma maciez de infância.

— Não brinque de psicólogo comigo.
— É que você é uma mulherzinha difícil de compreender. Às vezes tão jovem, tão alegre, muito próxima; outras vezes, uma tremenda Minerva armada de um capacete.

No início, ela gostava que ele falasse sobre ela; todas as mulheres gostam disso, e nesse ponto Jean-Charles não a havia mimado, mas no fundo, é inútil. Ela sabia muito bem o que intrigava Lucien; ou melhor, o que o preocupava:

— Ah! Tudo depende do meu penteado.

Ele encosta a cabeça no colo dela:

— Deixe-me sonhar por cinco minutos que ficaremos assim a vida toda. Teremos cabelos brancos sem mesmo nos apercebermos. Você será uma adorável velhinha.

— Sonhe, meu querido.

Por que fala essas besteiras? Um amor que não acabaria mais, como na música: "Isso não existe, não existe." Mas a voz nostálgica levanta nela como um eco embaçado de alguma coisa vivida no passado, em outra vida, ou talvez neste momento, em outro planeta. É insinuante e pernicioso como um perfume, à noite, num quarto fechado — um perfume de narcisos.

Ela diz, meio seca:

— Você se cansaria de mim.
— Nunca.
— Não seja romântico.
— Um velho médico se envenenou outro dia, de mãos dadas com a sua mulher morta desde uma semana. Isso acontece...
— Sim, mas por que motivos? — pergunta ela, rindo.

Ele diz com reprovação:

— Não estou rindo.

Ela deixou a conversa tomar um rumo estupidamente sentimental e partir não será fácil.

— Não gosto de pensar no futuro; para mim basta o presente — diz ela, fazendo pressão com sua mão na bochecha de Lucien.

— É verdade? — Ele olha para ela com aqueles olhos onde brilha como uma luz quase insustentável a sua imagem. — Você não se aborrece comigo?

— Que ideia! Ninguém me aborrece menos.

— Estranha resposta.

— É você que faz estranhas perguntas. Eu parecia estar me aborrecendo esta noite?

— Não.

A conversa com Lucien é divertida. Juntos se interrogam sobre as pessoas da Publinf, sobre os clientes, e inventam aventuras. Ou então Lucien conta novelas que leu, descreve lugares que viu e sabe encontrar o detalhe que desperta dentro de Laurence uma fugaz vontade de ler, de viajar. Agora mesmo ele falou sobre Fitzgerald, que ela só conhece de nome, e se admira que uma história tão irreal possa ter sido vivida realmente.

— Foi uma noite perfeita — diz ela.

Ele dá um pulo.

— Por que você diz "foi"? Não acabou...

— Duas horas da manhã. Meu querido, vou ter que voltar.

— Como? Você não vai dormir aqui?

— As meninas são muito crescidas, está se tornando perigoso.

— Oh! Por favor.

— Não.

Muitas vezes no ano passado, quando Jean-Charles estava no Marrocos, ela dizia: não. Saía e bruscamente parava o carro, dava meia-volta e subia correndo a escada. Ele a apertava nos braços: "Você voltou!", e ela ficava até o amanhecer. Por causa dessa alegria no rosto dele. Uma armadilha como outra qualquer. Hoje ela não vai voltar. E ele sabe disso.

— Então? Você não vai passar nenhuma dessas noites comigo?

Laurence se endurece. Lucien se convenceu de que na ausência de Jean-Charles ela dormiria com ele. Mas ela não prometeu nada.

— Imagine se as minhas filhas percebem. O risco é muito grande!

— Ano passado, você arriscava.

— Eu tinha remorsos.

Levantaram-se os dois. Ele percorre o quarto a passos largos e se planta na frente dela, furioso.

— Sempre a mesma lenga-lenga. Um pouco adúltera ocasionalmente, mas boa esposa, boa mãe. Por que não existem palavras para dizer má amante, má companheira... — A sua voz se apaga, seu olhar se perturba. — Isto significa que nunca mais passaremos uma noite juntos. Não teremos outra oportunidade melhor.

— Talvez sim.

— Não, porque você não as provocará. Você não gosta mais de mim — disse ele.

— Então por que estou aqui?

—Você não gosta mais de mim como antes. Desde que você voltou das férias, não é mais como antes.

— Juro-lhe que sim. Vinte vezes já tivemos essa briga. Deixe-me ir vestir-me.

Ele enche novamente o copo, enquanto ela vai até o banheiro, cujas prateleiras estão cobertas de garrafas e potes. Lucien faz coleção de loções e cremes que os clientes oferecem à Publinf, como divertimento e também porque toma um cuidado meticuloso com a sua pessoa. Claro. Eu apagaria meus remorsos, se fosse como antes; a vertigem que fulmina, a noite em chamas, turbilhões e avalanches de desejos e delícias: para essas metamorfoses se pode trair, mentir, arriscar tudo. Mas não para essas carícias amáveis, para um prazer tão semelhante ao que ela tem com Jean-Charles. Não para emoções tranquilas que fazem parte da rotina cotidiana: "Até o adultério é funcional", pensa ela. Essas brigas, que a remexiam tanto, agora a irritam. Quando ela volta para o quarto, ele já esvaziou o segundo copo.

— Entendi. Você quis uma aventura por curiosidade, porque quem nunca enganou o marido é boboca... Mais nada. E eu, idiota, que lhe falava em amor eterno.

— É mentira. — Ela se aproxima e o abraça. — Gosto muito de você.

— Muito! Nunca tive da sua vida senão migalhas. Me resignei. Mas se é para ter menos ainda, é melhor acabar.

— Faço o que posso.

—Você não pode lesar o seu marido, as suas filhas, mas me fazer sofrer, isso você pode.

— Não quero que você sofra.

— Ora essa! Não lhe importa nem um pouco. Achava você diferente das outras; em certos momentos parece até que você tem coração. Mas não. Para ser uma mulher na onda, uma mulher livre e bem-sucedida na vida, o que importa ter coração?

Ele fala, fala. Quando Jean-Charles tem problemas, fica calado. Lucien fala. Dois métodos. É verdade que desde a infância aprendi a

51

controlar meu coração. Se é bom ou ruim? Pergunta ociosa a gente não se refaz.

— Você não bebe, você nunca perde as estribeiras, nenhuma vez a vi chorar, você tem medo de se exceder: chamo isso recusar-se a viver.

Ela se sente atingida, não sabe muito bem em que parte de si mesma.

— Não posso fazer nada. Sou assim mesmo.

Ele a segura pelo punho:

— Pense um pouco! Faz um mês que aguardo por essa noite. Sonhava com isso, todas as noites.

— Bom, errei: devia lhe ter avisado!

— Mas não o fez: então fique!

Ela se solta devagar.

— Pense um pouco: se Jean-Charles tivesse suspeitas, nossa história se tornaria impossível.

— Porque, evidentemente, você me sacrificaria?

— Não vamos voltar a falar sobre isso.

— Não, já sei que perdi.

O rosto de Lucien ficou mais manso, só resta nos seus olhos uma grande tristeza.

— Então, até amanhã — diz ele.

— Até amanhã. Teremos um lindo fim de tarde.

Ela o abraça, ele não devolve o beijo; olha para ela com um ar sofredor.

Não sente piedade, mas antes uma espécie de inveja enquanto volta até o carro. Ela sofreu, no Havre, naquela noite em que ele declarou que preferia renunciar logo: era bem no início da história deles, ela pesquisava sobre a venda do café Mokeski e ele a acompanhara. Depender do marido, das crianças, esperar, mendigar, ele não queria. "Vou perdê-lo!" Ela sentira um rasgo tão preciso quanto uma ferida física. E outra vez no inverno passado quando ela voltara de Chamonix. Aquelas duas semanas foram uma tortura, dizia Lucien, era melhor acabar. Ela suplicara; ele não cedera, ficara dez dias sem falar com ela, dez dias de inferno. Nada a ver com as dores nobres que se põem em música. Era mais para sórdido: a boca pastosa, enjoos. Mas pelo menos algo ia fazer falta, algo no mundo que valia o seu peso de tristeza. Ele ainda conhece essa febre, e o desespero, e a esperança. Tem mais sorte do que eu.

"Por que Jean-Charles de preferência a Lucien?", se pergunta Laurence enquanto observa com atenção o marido passando geleia de laranja sobre uma torrada. Ela sabe que Lucien vai acabar desligando--se e que vai gostar de outra. (Por que eu e não outra?) Ela admite isso e chega até a desejar que aconteça. Pergunta-se simplesmente. "Por que Jean-Charles?" As crianças foram para Feuverolles ontem à noite com Marthe, o apartamento está em silêncio. Mas os vizinhos aproveitam o domingo para martelar na parede com toda a força. Jean-Charles dá um soco na mesa com violência: não aguento mais! Vou quebrar a cara deles!" Desde que voltou, está irritado, briga com as crianças, grita com Goya e repisa nas suas queixas. Vergne é um gênio, um visionário, mas tão intransigente que afinal Dufrène tem razão, não realiza nada nunca. O construtor não aceitava integralmente o seu projeto: ele deveria ter pensado nos colaboradores antes de abandonar o negócio, é uma fortuna que estamos perdendo.

— Vou tentar entrar na Monnod.

— Você dizia que formavam uma equipe formidável, que trabalhavam com entusiasmo.

— A gente não se alimenta de entusiasmo. Quero mais do que estou ganhando na casa Vergne. Na Monnod ganharia no mínimo o dobro.

— Mas estamos vivendo muito bem assim.

— A gente viveria melhor ainda.

Jean-Charles está decidido a deixar Vergne, que foi tão bacana com ele (o que teria sido de nós quando Catherine nasceu sem os adiantamentos que ele nos concedeu?), mas ele sente primeiro a necessidade de liquidá-lo em palavras.

— Ideias extraordinárias, todo mundo fala nelas, os jornais estão cheios delas, e daí?

Por que Jean-Charles de preferência a Lucien? O mesmo vazio se cria às vezes quando está com um, com outro; só que entre ela e Jean--Charles há as crianças, o futuro, o lar, um laço sólido; perto de Lucien, quando não sente mais nada, ela está na frente de um estranho. Mas se fosse com ele que tivesse se casado? Não seria nem melhor nem pior, acha ela. Por que um homem de preferência a outro? É estranho. A gente se amarra para o resto da vida a um homem porque foi ele que encontramos aos 18 anos. Não está sentida que tenha sido Jean-Charles; longe disso. Tão cheio de vida, animado, com ideias, mil projetos na cabeça, apaixonado pelo que faz, brilhante, simpático a todos. E fiel, leal, um belo corpo, fazendo bem amor e frequentemente. Ele adora a sua casa, seus filhos, e Laurence. De uma forma diferente de Lucien, menos romântica, mais sólida e delicada; ele precisa da presença dela, do seu acordo; assim que ela parece triste ou apenas preocupada, ele enlouquece. O marido ideal. Felicita-se por ter-se casado com ele e não com outro; mesmo assim ela se surpreende que seja tão importante e por acaso. Sem razão especial. (Mas tudo é assim.) As histórias de almas gêmeas, será que existem fora dos livros? Até o velho médico que a morte da mulher matou: isso não prova que eram feitos um para o outro. "Amar de amor", diz papai. Amo Jean-Charles — amei Lucien? — de amor? Ela tem a impressão de que as pessoas lhe estão justapostas, não moram nela; exceto as suas filhas, mas deve ser orgânico.

— Não é um grande arquiteto quem não sabe se adaptar.

A campainha toca e interrompe Jean-Charles; ele desdobra um biombo que divide o cômodo em dois, e Laurence faz Mona entrar num canto do escritório.

— Que legal você ter vindo.

— Não ia deixar você na mão.

Mona é bonitinha, de calças compridas e pulôver espesso, masculina pela silhueta, feminina pelo sorriso e o movimento gracioso do seu pescoço. Em geral, ela se recusa a dar uma mão fora das horas de trabalho: já somos bastante explorados. Mas o projeto deve ser entregue hoje à noite no mais tardar, e ela sabe que a sua maquete não estava lá essas coisas. Ela olha em volta de si:

— Puxa, está morando muito bem! — Fica pensando. — Evidentemente, os dois juntos devem ganhar uma boa grana.

Nem ironia, nem censura: ela compara. Mona ganha decentemente sua vida, mas parece — nunca fala muito sobre si mesma — que vem de um meio muito modesto e sustenta a família inteira. Senta ao lado de Laurence e espalha seus desenhos em cima da mesa de trabalho.

— Fiz vários, com pequenas variantes.

Lançar uma nova marca de um produto tão difundido quanto o molho de tomate não é cômodo. Laurence havia sugerido a Mona que jogasse com o contraste sol-frescor. A página realizada era agradável: cores vivas, um sol enorme no céu, uma aldeia lá em cima, oliveiras; no primeiro plano, a lata com a marca e um tomate. Mas faltava alguma coisa: o gosto da fruta, sua polpa. Discutiram durante muito tempo. Concluíram que era preciso cortar a pele e mostrar um pouco da carne.

— Ah! Aí está a diferença toda! — diz Laurence. — Dá vontade de mordê-lo.

— Sim, pensei que você ficaria feliz — diz Mona. — Dê uma olhada em todas...

De uma folha para outra, há leves mudanças de cor e de forma.

— É difícil escolher.

Jean-Charles entra na sala, seus dentes brilham, muito brancos, enquanto aperta a mão de Mona com efusão:

— Laurence fala tanto em você! Já vi muitos dos seus desenhos. O seu Méribel me encanta. Tem muito talento.

— A gente tenta se defender — diz Mona.

— Qual destes desenhos lhe daria vontade de comer molho de tomate? — pergunta Laurence.

— Se parecem muito, não? Aliás, todos bonitos: parecem pequenos quadros.

Jean-Charles põe a mão no ombro de Laurence.

— Vou descer para limpar o carro. Vai ficar pronta ao meio-dia e meia? Temos que sair no mais tardar nesse horário, para chegarmos em Feuverolles para o almoço...

— Estarei pronta.

Ele sai com um grande sorriso.

— Vocês vão para o campo? — pergunta Mona.

— Sim, mamãe tem uma casa. Vamos lá quase todos os domingos. É um descanso...

Ia falar maquinalmente: indispensável, retificou a tempo.

Ela escuta a voz de Gilbert: "Um descanso indispensável", olha o rosto amassado de Mona, está um pouco constrangida. (Nada de constrangimento, de consciência pesada, de deleitação melancólica.)

— Engraçado — diz Mona.

— O quê.?

— Engraçado como o seu marido se parece com Lucien.

— Está sonhando! Lucien e Jean-Charles são como água e fogo.

— Para mim são duas gotas d'água.

— Realmente não acho.

— São homens de boas maneiras, dentes brancos, que sabem falar e que passam *after-shave* no rosto depois de fazer a barba.

— Bom! Se for por esse lado... — Ela corta bruscamente: — Então? qual é o projeto que você prefere?

Laurence os examina outra vez. Lucien e Jean-Charles usam *after--shave*, certo. E o sujeito da Mona, como é ele? Está com vontade de fazê-la falar, mas esta retomou o seu ar fechado, que deixa Laurence intimidada. Como é que ela vai passar o domingo?

— Acho este o melhor. Por causa da aldeia: gosto do jeito das casinhas na colina...

— Eu também, é o meu preferido — diz Mona. Ela arruma seus papéis. — Então, estou me mandando.

— Você não quer tomar um drinque? Vinho, uísque? Ou suco de tomate?

Elas riem.

— Não, não quero tomar nada. Me mostre a sua casa.

Mona passa de cômodo em cômodo, sem falar nada. Às vezes ela toca um tecido, a madeira de uma mesa. Na sala de estar, inundada de sol, ela se esparrama numa *bergère*.

— Compreendo que vocês não compreendam nada.

Mona costuma ser amigável, mas às vezes parece detestar Laurence. Laurence não gosta de ser detestada, em geral, e por Mona em especial. Ela se levanta e, enquanto abotoa o casaco, dá uma última olhada ao redor que Laurence decifra com dificuldade: sem dúvida não é de inveja.

Laurence a acompanha até o elevador e retorna à mesa. Enfia num envelope a maquete escolhida e o texto que ela compôs: sente-se um tanto ofendida. A voz desdenhosa de Mona: que superioridade acha que tem? Não é comunista, mas deve ter mesmo assim a mística do proletariado, como diz Jean-Charles; tem algo sectário nela, não é a primeira vez que Laurence o percebe. ("Se tem uma coisa que eu detesto, é o sectarismo", dizia papai.) Uma pena. É por isso que cada um fica confinado no seu pequeno círculo. Se cada um fizesse um pouco de força, não seria difícil de se entender, pensa Laurence, lastimando.

Fico danada. pensa Laurence, nunca me lembro dos meus sonhos. Jean-Charles tem um para contar todas as manhãs: preciso, um pouco barroco como os que mostram no cinema ou que contam nos livros. Eu, nada. Tudo o que me acontece durante essas noites espessas: uma vida verdadeira que me diz respeito e que me escapa. Se a conhecesse, talvez isso me ajudaria (em quê?). Sabe em todo caso porque ela acorda de manhã ofegante: Dominique. Dominique, que fez seu caminho na vida a machadadas, esmagando, afastando tudo o que a incomodava e de repente impotente e se debatendo com raiva. Ela reviu Gilbert "num plano de amizade" e ele não falou o nome da outra mulher.

— Será que existe? — me perguntou ela em tom de suspeita.

— Por que ele iria mentir para você?

— É tão complicado!

Perguntei a Jean-Charles:

— No meu lugar, você falaria a verdade para ela?

— Claro que não. É sempre melhor se meter o menos possível nas histórias dos outros.

Dominique conserva portanto uma vaga esperança. Muito fraca. No domingo em Feuverolles, ela ficou fechada no quarto pretextando uma dor de cabeça, arrasada com a ausência de Gilbert, pensando: "Não virá nunca mais." Ao telefone — ela me telefona todos os dias — faz um retrato dele tão hediondo que custo a compreender como ela pôde gostar dele: arrogante, narcisista, sádico, egoísta ao extremo, sacrificando todos ao seu conforto e às suas manias. Outras vezes ela elogia sua inteligência, sua força de vontade, o brilho dos seus sucessos e afirma: "Voltará para mim." Hesita quanto à tática a seguir: carinho ou violência? O que ela vai fazer no dia em que Gilbert lhe confessar tudo? Matar-se, matar? Não posso imaginar nada. Só conheci Dominique triunfante.

Laurence examina os livros que Jean-Charles lhe aconselhou. (Ele ria: "Ah! Você se decide? Fico muito feliz com isso. Você vai se dar conta de que afinal vivemos em uma época bastante extraordinária." Ele parece muito jovem quando tem uma dessas crises de entusiasmo.) Ela os folheou, olhou as conclusões; falam a mesma coisa que Jean-Charles e Gilbert: tudo está muito melhor do que antes, tudo estará melhor mais tarde. Alguns países estão mal encaminhados: a África negra, especialmente, o crescimento demográfico na China e em toda a Ásia é inquietante; no entanto, graças às proteínas sintéticas, à contracepção, à automação, à energia nuclear, podemos considerar que aproximadamente em 1990 será instaurada a civilização da abundância e do lazer. A Terra será formada de um único mundo apenas, falando talvez — graças às traduções automáticas — uma língua universal; os homens não sofrerão mais de fome, consagrarão ao trabalho somente um tempo ínfimo; não conhecerão mais nem a dor nem as doenças. Catherine será jovem ainda, em 1990. Porém ela queria ser tranquilizada hoje a respeito do que acontece em volta dela. Teria que ter outros livros, que me dessem outros pontos de vista. Quais? Proust não pode me ajudar. Nem Fitzgerald. Ontem fiquei plantada frente à vitrine de uma grande livraria. *Massa e Potência, Bandoung, Patologia da Empresa, Psicanálise da*

Mulher, A América e as Américas, Para uma Doutrina Militar Francesa, Uma Nova Classe Operária, Uma Classe Operária Nova, A Aventura do Espaço, Lógica e Estrutura, O Irã... Por onde começar? Não entrei.

Fazer perguntas. Mas para quem? Para Mona? Ela não gosta de conversar; ela trabalha o máximo possível no menor espaço de tempo. E eu sei o que ela diria. Descreverá a condição operária que não é o que deveria ser; sobre isso todo mundo está de acordo, apesar de que, com o salário-família, quase todos possuem máquina de lavar, televisão e até automóvel. A habitação é insuficiente, mas a situação está mudando: é só olhar esses novos prédios, esses canteiros de obras e esses guindastes amarelos e vermelhos no céu de Paris. As questões sociais, hoje, preocupam a todos. No fundo, o único problema é: fazem ou não tudo o que se pode fazer para que haja mais conforto e justiça no mundo? Mona pensa que não. Jean-Charles diz: "Nunca fazemos o que podemos: mas agora estamos fazendo muito." Segundo ele, as pessoas como Mona pecam por impaciência, se parecem com Louise quando ela se admira que ainda não estejamos na lua. Ontem ele me disse: "É claro que as incidências humanas das concentrações, da automação, são às vezes lastimáveis. Mas quem ia querer parar o progresso?"

Laurence apanha no porta-revistas os últimos números do *L'Express* e de *Candide*. No seu conjunto, os jornais — os cotidianos, os semanários — dão razão a Jean-Charles. Abre-os agora sem apreensão. Não, não acontece mais nada terrível — menos no Vietnã, mas ninguém na França aprova os americanos. Ela está feliz por ter vencido essa espécie de medo que a condenava à ignorância (muito mais do que a falta de tempo; tempo que a gente acha). No fundo, basta tomar as coisas de um ponto de vista objetivo. O difícil é que não podemos transmiti-lo a uma criança. Agora Catherine parece calma. Mas se ela se agitar de novo, não saberei melhor do que antes falar com ela...

Crise entre a Argélia e a França. Laurence lera a metade do artigo quando toca a campainha: duas vezes, alegre. Marthe. Laurence lhe pediu dez vezes para não chegar de improviso. Mas ela obedece a impulsos sobrenaturais; tornou-se muito imperiosa desde que os céus a inspiram.

— Não estou incomodando?

— Um pouco. Mas já que você está aqui, fique cinco minutos.

— Está trabalhando?

— Estou.

— Você trabalha demais. — Marthe olha para a sua irmã com um ar perspicaz. — A menos que tenha problemas. Domingo você não estava alegre.

— Estava, sim.

— Ora, ora! A sua irmãzinha conhece muito bem você.

— Está enganada.

Laurence não está com a mínima vontade de fazer confidências à Marthe. E as palavras seriam logo grandes demais. Se ela falasse: me preocupo com mamãe, Catherine me cria problemas, Jean-Charles está de péssimo humor, tenho uma ligação que me pesa, poderia se pensar que na cabeça dela há uma massa compacta de preocupações que a absorvem toda. Na verdade, aquilo está sem estar, está na cor do dia. Pensa nisso o tempo todo e não pensa nunca.

— Escuta — diz Marthe —, tem um assunto sobre o qual eu queria falar com você. Quis falar no domingo, mas você me intimida.

— Intimido você?

— Pois é. E sei que vou irritá-la. Mas tanto faz. Catherine vai fazer 11 anos dentro de pouco tempo: penso que você deve mandá-la à aula de catecismo e prepará-la para fazer a sua primeira comunhão.

— Que ideia! Nem Jean-Charles nem eu somos católicos.

— Mas você mesmo assim a batizou.

— Por causa da mãe de Jean-Charles, Mas agora que ela morreu...

— Você está assumindo uma grave responsabilidade privando a sua filha de instrução religiosa. Vivemos numa civilização cristã. A maioria das crianças faz a primeira comunhão. Mais tarde ela vai censurá-la por ter decidido por ela, sem deixar-lhe a liberdade de escolher.

— Isso é magnífico! Deixá-la livre é enviá-la ao catecismo.

— Sim. Pois na França hoje em dia é a atitude normal. Você faz dela uma exceção, uma excluída.

— Não insista.

— Insisto. Acho Catherine triste, inquieta. Tem reflexões estranhas. Nunca tentei influenciá-la, mas a escuto. A morte, o mal, é duro uma criança enfrentá-los sem acreditar em Deus. Se ela acreditasse, a ajudaria.

— Que reflexões ela fez?

— Não me lembro exatamente. — Marthe encara a irmã. — Você não notou nada?

— Sim, claro. Catherine faz muitas perguntas. Não quero responder com mentiras.

— Você está sendo um pouco arrogante em decretar que são mentiras.

— Não mais do que você em decretar que são verdades. — Laurence toca no braço da irmã. — Não vamos discutir. É minha filha, a crio como bem entendo. Você tem sempre como recurso rezar por ela.

— Não deixo de fazê-lo.

Que petulância de Marthe! É verdade que não é fácil dar uma educação leiga às crianças, neste mundo invadido pela religião. Catherine não está tentada por esse lado. Louise é atraída pelo pitoresco das cerimônias. No Natal, ela certamente vai pedir para irmos ver os presépios... Desde a primeira infância, Laurence lhes conta a Bíblia e o Evangelho juntamente com as mitologias greco-latinas e a vida de Buda. Belas lendas, ao redor de acontecimentos e homens reais, conforme explicou a elas. O pai a ajudou nas suas exposições. E Jean-Charles lhes contou as origens do universo, desde as nebulosas até as estrelas, da matéria à vida: acharam essa história maravilhosa. Louise se apaixonou por um livro de astronomia, muito simples, com belas imagens. Um longo esforço concentrado, pensado, que Marthe poupou confiando os filhos aos padres, e que ela está prestes a arruinar, de estalo, com uma incrível fatuidade.

— Você não lembra mesmo quais as reflexões de Catherine que chamaram a sua atenção? — pergunta um pouco mais tarde Laurence enquanto acompanha a irmã até a porta.

— Não. Foi mais uma espécie de intuição que tive, além das palavras — diz Marthe, com um ar recolhido.

Laurence fecha a porta com nervosismo. Agora há pouco, voltando do colégio, Catherine parecia alegre. Está esperando Brigitte para fazer a sua tradução para o francês de um texto em latim. De que elas vão falar? De que estão falando? Quando Laurence lhe pergunta, Catherine se esquiva. Não creio que ela desconfie de mim; melhor, falta-nos uma linguagem comum. Deixei-a muito livre, tratando-a como neném ao mesmo tempo; não tentava conversar com ela; por isso acho que as palavras a intimidam, pelo menos na minha presença. Não consigo descobrir o contato. *Crise entre a Argélia e a França*. Queria terminar esse artigo de qualquer maneira.

— Bom dia, senhora.

Brigitte entrega a Laurence um buquezinho de malmequer branco.

— Obrigada. É muito gentil.

— Está vendo: recosturei minha bainha.
— Ah, sim. Fica muito melhor assim.

Quando se encontraram no saguão do Museu do Homem, o alfinete ainda estava plantado na saia de Brigitte. Laurence não falou nada, mas a pequena surpreendeu o seu olhar e ficou toda corada.

— Esqueci outra vez!
— Tente se lembrar.
— Prometo que vou costurá-la hoje à noite.

Laurence as fez visitar o museu; Louise se chateava um pouco; as duas outras corriam por toda parte e se exaltavam. À noite, Brigitte disse para Catherine:

— Que sorte a sua de ter uma mãe tão boa assim!

Não é preciso ser feiticeira para adivinhar, atrás dos seus modos de mulherzinha, uma confusão de órfã.

— Vocês vão fazer uma tradução do latim?
— Vamos.
— Depois vão falar como duas comadres. — Laurence hesita: — Brigitte, não conte coisas tristes para Catherine.

O rosto todo da menina enrubesce, inclusive o pescoço.

— O que foi que eu falei que não deveria?
— Nada em especial. — Laurence sorri, tranquilizando-a: — Acontece que Catherine ainda é muito pequena; chora frequentemente à noite; muitas coisas a assustam.

— É mesmo?

Brigitte parece mais desorientada do que contrita.

— Mas se ela me fizer perguntas, direi que a senhora me proibiu de lhe responder?

É a vez de Laurence ficar constrangida: me sinto culpada de culpá-la, quando, no fundo...

— Que perguntas?
— Não sei. Sobre o que vi na televisão.

Pois é; tem isso também: a televisão. Jean-Charles sonha muito no que a televisão poderia ser, mas lamenta o que é; ele não vê senão o jornal e a emissão "Cinco colunas em manchete" que Laurence vê também, de quando em quando. Mostram às vezes cenas pouco suportáveis e, para uma menina, as imagens impressionam mais do que as palavras.

— O que você viu na televisão esses dias?
— Oh! Muitas coisas.

— Coisas tristes?

Brigitte olha Laurence dentro dos olhos.

— Há muitas coisas que acho tristes. A senhora não?

— Sim, claro.

O que foi que mostraram esses dias? Devia ter olhado. A fome na Índia? Massacres no Vietnã? Brigas racistas nos Estados Unidos?

— Mas não vi as últimas emissões — continua Laurence. — O que lhe chamou a atenção?

— As moças que colocam rodelas de cenoura sobre os filés de arenque — diz Brigitte, impulsivamente.

— Como assim?

— Veja só. Contavam que o dia inteiro elas colocam rodelas de cenoura sobre os filés de arenque. Elas não têm mais idade do que eu. Eu preferiria morrer a viver assim.

— Não deve ser o mesmo para elas.

— Por quê?

— Foram criadas de uma maneira diferente.

— Não pareciam muito satisfeitas — diz Brigitte.

Profissões estúpidas, que desaparecerão logo com a automação; até lá, evidentemente... O silêncio perdura.

— Bem. Vá fazer a sua tradução. E obrigada pelas flores — diz Laurence.

Brigitte não se mexe.

— Não devo falar sobre isso com Catherine?

— Sobre o quê?

— Essas moças.

— Sim — diz Laurence. — É só quando alguma coisa lhe parece realmente horrível que é melhor guardá-lo para si. Tenho medo de que Catherine tenha pesadelos.

Brigitte enrola o seu cinto; ela, que costuma ser tão simples, tão direta, está perturbada. "Agi errado", pensa Laurence; está zangada consigo mesma; mas como eu teria que fazer?

— Enfim, eu confio em você. Tome um pouco de cuidado, mais nada — conclui ela, sem jeito.

Tornei-me insensível ou Brigitte é particularmente vulnerável?, se pergunta Laurence, depois de fechada a porta. "O dia inteiro rodelas de cenoura." Com certeza, se as moças desempenham uma profissão dessas, é porque não são capacitadas para um trabalho mais interessante.

Mas isso não torna as coisas mais engraçadas para elas. Mais uma dessas "incidências humanas" lastimáveis. Estou certa ou estou errada de me preocupar tão pouco com isso?

Laurence acaba de ler o artigo: o que ela começa não gosta de deixar inacabado. E depois mergulha no seu trabalho: um cenário para uma marca de xampu. Fuma um cigarro atrás do outro: até as coisas estúpidas se tornam interessantes se tentamos fazê-las bem. O maço acabou. É tarde. Um rumor indefinido soa no fundo do apartamento. Será que Brigitte ainda está? E Louise, o que estará fazendo? Laurence atravessa o corredor. No quarto, Louise está chorando, e há lágrimas na voz de Catherine.

— Não chore — suplica ela. — Prometo-lhe que não gosto mais da Brigitte do que de você.

Ora essa! Por que o prazer de uns tem sempre de ser pago pelas lágrimas de outros?

— Loulou, é de você que mais gosto. Gosto de estar com ela, mas você é minha irmãzinha.

— É verdade? É verdade mesmo?

Laurence se afasta sem fazer barulho. Delicadas penas de infância nas quais os beijos se misturam às lágrimas. Não tem importância Catherine não trabalhar tão bem; a sensibilidade dela está amadurecendo; está aprendendo coisas que não se ensinam na escola: compadecer-se, consolar, dar e receber, perceber nos rostos e na voz matizes que lhe escapavam. Durante um instante Laurence sente um calor no coração, precioso calor, tão raro. O que fazer para que, mais tarde, Catherine não sinta falta do mesmo?

Capítulo III

Laurence aproveita a ausência das crianças para pôr em ordem o quarto delas. Talvez Brigitte não tenha falado sobre a emissão de televisão que tanto a impressionou; em todo caso, Catherine com isso pouco se emocionou. Ela jubilava hoje de manhã ao instalar-se com Louise no carro do avô: ele as levava para o fim de semana, a visitar os castelos do Loire. Foi Laurence quem — um pouco estupidamente, aliás — se deixou perturbar com essa história. A ideia de uma infelicidade apagada e rotineira pareceu-lhe mais difícil de engolir do que grandes catástrofes, sem dúvida excepcionais. Ela quis saber como os outros reagiam a isso.

Almoçando com Lucien na segunda-feira, interrogou-o. (Desagradáveis, esses encontros. Está com raiva de mim, mas não me larga. Dominique dez anos atrás: "Os homens, eu os venço pelo enjoo." Chegar atrasada, desmarcar, conceder cada vez menos: eles acabam desgostando. Eu não sei fazer isso. Tenho que um dia desses decidir-me pela ruptura sangrenta.) Ele não liga muito para esses problemas, assim mesmo me respondeu. Uma moça de 16 anos condenada a um trabalho imbecil, o futuro entravado, é ruim, sim; mas, no fundo, a vida é sempre ruim, se não é por um motivo, é por outro. Eu tenho um pouco de dinheiro, ganho muito, e do que isso me adianta, pois você não gosta de mim? Quem é feliz? Você conhece pessoas felizes? Você evita as grandes chateações fechando o seu coração: não chamo isso felicidade. Seu marido? Talvez; mas se ele soubesse da verdade, não ia gostar. Todas as vidas se valem, mais ou menos. Você mesma o dizia: é um fracasso ver os motivos das pessoas, seus pobres fantasmas, suas miragens. Elas não têm nada de realmente consistente com que se preocupar, nada de que façam questão mesmo; não consumiriam tantos tranquilizantes se estivessem satisfeitas. Há a infelicidade dos pobres. Há também a dos ricos: você deveria ler Fitzgerald, ele fala disso muito bem. Sim, pensa Laurence, tem algo de verdadeiro nisso. Jean-Charles muitas vezes está alegre, mas não realmente feliz: muito facilmente, muito rapidamente contrariado por uma coisa ou outra. Mamãe, com seu lindo apartamento, suas roupas, sua casa de campo, que inferno a espera! E eu? Não sei. Me falta alguma coisa que os outros têm… A menos… A menos que não tenham também. Talvez quando Gisèle Dufrêne suspira: "É maravilhoso", quando Marthe ostenta um luminoso sorriso na sua larga boca, não sintam nada a mais do que eu. Só papai…

Uma vez as meninas na cama, quarta-feira passada ela pôde ficar só. Jean-Charles jantava fora com jovens arquitetos. ("Nada mais de vertical, nada mais de horizontal, a arquitetura será oblíqua ou não será." Isso era um pouco burlesco, mas mesmo assim eles têm pontos de vista interessantes, contou ele na volta.) Mais uma vez, Laurence tenta repor ordem no que ele lhe respondeu, numa conversa muito animada. Socialistas ou capitalistas, em todos os países do mundo, o homem é esmagado pela técnica, alienado ao seu trabalho, subjugado, embrutecido. O mal todo vem do fato de que ele multiplicou as suas necessidades quando deveria tê-las contido; em vez de objetivar uma abundância que não existe e não existirá talvez nunca, deveria ter-se contentado com um mínimo vital, como ainda o fazem algumas comunidades muito pobres — na Sardenha, na Grécia, por exemplo —, nas quais não penetraram as técnicas, que não foram corrompidas pelo dinheiro. As pessoas conhecem já uma austera felicidade, porque certos valores foram preservados, valores realmente humanos, de dignidade, fraternidade, de generosidade, que dão à vida um gosto único. Enquanto o homem continuar criando novas necessidades, multiplicar-se-ão as frustrações. Quando começou a decadência? No dia em que se preferiu a ciência à sabedoria, a utilidade à beleza. Com a Renascença, o racionalismo, o capitalismo, o cientismo. Muito bem. Mas agora que já chegamos a este estágio, o que fazer? Tentar ressuscitar em si, ao seu redor, a sabedoria e o gosto pela beleza. Só uma revolução moral, e não uma revolução social, nem política, nem técnica, trará o homem de volta à sua verdade perdida. Pelo menos podemos realizar essa conversão por conta própria: chegaremos então à alegria, a despeito desse mundo absurdo e tumultuado que nos cerca.

No fundo, o que dizem Lucien e papai dá no mesmo. Todo mundo é infeliz; todo mundo pode encontrar a felicidade: equivalências. Posso explicar isso para Catherine: as pessoas não são tão infelizes assim por gostarem da vida? Laurence hesita. Isso significa em outras palavras que as pessoas infelizes não o são. A voz de Dominique entrecortada de soluços e de gritos; ela detesta a sua vida, mas não quer morrer: é a infelicidade. E há também aquele buraco, aquele vazio, que gela o sangue, que é pior do que a morte mesmo se o preferimos à morte enquanto não nos matamos: conheci isso há cinco anos e me lembro com pavor. Mas o fato é que as pessoas se matam — ele pediu bananas e uma toalha — justamente porque existe algo pior que a morte. É o que gela os ossos quando lemos a narração de um suicídio: não o frágil cadáver agarrado à grade da janela, mas o que aconteceu nesse coração, logo antes.

Não, pensando bem, reflete Laurence, o que me respondeu papai só vale para ele próprio; ele sempre suportou tudo com estoicismo, as suas crises renais e a operação, seus quatro anos de *stalag*,[3] a saída de mamãe, apesar de ele ter sentido tanta tristeza. E só ele é capaz de encontrar a alegria nessa vida tão retirada, tão austera, que ele escolheu. Queria eu conhecer o seu segredo. Talvez se eu o visse mais frequentemente, mais demoradamente...

— Está pronta? — pergunta Jean-Charles.

Estão descendo para a garagem; Jean-Charles abre a porta do carro.

— Me deixe dirigir — diz Laurence. — Você está nervoso demais.

Ele sorri com bom humor.

— Como você quiser.

E senta-se no carro ao lado dela. Suas explicações com Vergne devem ter sido desagradáveis; ele não falava, mas estava com um ar triste, dirigia perigosamente, rápido demais, dando umas freadas bruscas, tendo acessos de cólera. Mais um pouco e anteontem os jornais iam ter que mencionar uma discussão áspera entre automobilistas.

Outro dia, na Publinf, Lucien explicou com muito brilho a psicologia do homem ao volante: frustração, compensação, poder e isolamento. (Ele mesmo dirige muito bem, mas rapidíssimo.) Mona o interrompeu:

— Eu vou lhes dizer por que todos esses senhores bem-educados se tornam uns brutos quando estão dirigindo.

— Por quê?

— Porque são brutos.

Lucien levantou os ombros. O que ela queria dizer na verdade?

— Segunda-feira, na volta, assino com Monnod — diz Jean-Charles, em voz alegre.

— Está feliz?

— Muito. Vou passar o domingo dormindo e jogando cartas. E na segunda-feira recomeço com pé direito.

---

[3] *Stalags* eram os campos de prisioneiros de guerra na Alemanha, na Primeira e na Segunda Guerra Mundial. (N. E.)

O carro sai do túnel, Laurence acelera, os olhos fixos no retrovisor. Ultrapassar, voltar à sua faixa, ultrapassar, ultrapassar, voltar à sua faixa. Sábado à noite: Paris acaba de se esvaziar. Ela gosta de dirigir, e Jean-Charles não tem o defeito de tantos maridos: não importa o que esteja pensando, ele não se permite nunca uma observação. Ela sorri. Jean-Charles não tem muitos defeitos, afinal, e quando andam de carro, juntos, ela sempre tem a ilusão — apesar de não se enquadrar nesses clichês — de que são "feitos um para o outro". Pensa com decisão: "Esta semana falo com Lucien." Ele voltou a dizer ontem com reprovação: "Você não gosta de ninguém!" É verdade? Absolutamente. Gosto dele. Vou acabar com ele, mas gosto dele. Gosto de todo mundo. Menos de Gilbert.

Ela deixa a autoestrada, envereda por uma pequena estrada solitária. Gilbert vai estar em Feuverolles. Dominique ligou com voz triunfante: "Gilbert vai estar lá." Por que ele vem? Talvez esteja jogando a carta da amizade: não lhe adiantará de nada o dia em que a verdade estourar. Ou ele vem justamente para dizer tudo? As mãos de Laurence deixam o volante molhado. Dominique vem aguentando há um mês unicamente porque ela ainda tem esperanças.

— Não sei por que Gilbert aceitou vir.
— Talvez tenha renunciado aos seus projetos de casamento.
— Duvido.

Faz frio, o tempo está nublado, as flores morreram; mas as janelas brilham na noite, um grande fogo de lenha ergue as suas chamas na sala de estar; pouca gente, mas escolhida a dedo: os Dufrène, Gilbert, Thirion e a esposa; Laurence o conheceu pequenininha ainda, era colega do seu pai; tornou-se o advogado mais famoso da França. Consequentemente, Marthe e Hubert não foram convidados. Não têm a boa apresentação. Sorrisos, apertos de mão; Gilbert beija a que Laurence lhe recusou, já faz um mês; seu olhar está carregado de subentendidos quando ele pergunta:

— Quer beber alguma coisa?
— Mais tarde — diz Dominique. — Ela agarra Laurence pelo ombro: — Suba para ajeitar o cabelo, você está toda despenteada. No quarto ela sorri: — Não está nada despenteada. Queria falar com você.
— Qual é o problema?
— Que pessimismo!

Os olhos de Dominique brilham. Está um pouco elegante demais com a sua blusa *belle époque* e sua saia comprida (quem ela está imitando?). Fala em voz excitada:

— Imagine você que descobri o segredo!
—- Descobriu?
Como é que Dominique está com esse ar sonso se está sabendo?
— Segure-se, você não vai acreditar. — Ela dá um tempo. — Gilbert voltou aos seus antigos amores: Lucile de Saint-Chamont.
— O que lhe faz crer isso?
— Ah! Fui informada. Ele não sai da casa dela. Passa seus fins de semana no *Manoir*. Engraçado, não? Depois de tudo o que me falou sobre ela! Me pergunto como ela conseguiu isso. É mais forte do que eu pensava.

Laurence fica calada. Ela detesta essa injusta superioridade de alguém que sabe sobre alguém que não sabe. Abrir-lhe os olhos? Hoje não, com todos esses convidados dentro de casa.

— Talvez não seja Lucile, mas uma das suas amigas.
— Ora veja! Ela não ia incentivar um idílio entre Gilbert e uma outra mulher. Entendo por que ele escondeu o nome dela para mim: temia que eu risse na cara dele. Não entendo muito bem essa fantasia; mas em todo caso não pode durar. Se Gilbert a abandonou assim que me conheceu, é que tinha as suas razões, as quais permanecem. Ele voltará para mim.

Laurence não fala nada. O silêncio perdura. Dominique deveria se surpreender; mas não: ela está tão acostumada a fazer as perguntas e as respostas... Ela torna a falar, com voz sonhadora:

— Valeria a pena enviar para Lucile uma carta descrevendo com detalhes a anatomia e os gostos dele.

Laurence se sobressalta.
— Você não faria isso!
— Seria engraçado. A cara da Lucile! A cara do Gilbert! Não. Ele ia ficar com uma raiva mortal de mim. Minha tática, ao contrário, é ser gentil. Ganhar terreno novamente. Conto muito com nossa viagem ao Líbano.

— Você acha que essa viagem vai se realizar!
— Como? Claro! — A voz de Dominique se amplifica: — Ele me prometeu há meses esse Natal em Balbeck. Todos estão sabendo. Ele não pode esquivar-se agora.

— Mas a outra vai se opor.
— Vou botar as cartas na mesa: se ele não for ao Líbano comigo, não quero mais vê-lo.

— Ele não vai ceder a uma chantagem.
— Ele não quer me perder. Essa história com Lucile não é séria.
— Então, por que ele teria falado com você?
— Um pouco por sadismo. E ele precisava do seu tempo; dos seus fins de semana, sobretudo. Mas você vê: só precisei insistir um pouco para ele vir.
— Então, ponha as cartas na mesa com ele — diz Laurence.

Talvez seja uma solução. Dominique terá a satisfação de pensar que é ela quem corta as relações. Mais tarde, quando souber da verdade, o pior já terá passado.

A sala de estar está cheia de risos e clamores, bebem vinho, uísque, martíni. Jean-Charles oferece a Laurence um copo de suco de abacaxi.
— Algo errado?
— Não. Nada de bom tampouco. Olhe para ela.

Dominique pôs a mão no braço de Gilbert num gesto possessivo.
— Quando eu penso que você ficou três semanas sem vir! Você trabalha demais. Tem que saber relaxar também.
— Sei muito bem — diz ele, em voz neutra.
— Não sabe. Só o campo é que descansa realmente.

Sorri para ele de um jeito provocante e travesso, novidade essa que não combina nem um pouco com ela. Fala muito alto.
— Ou as viagens — acrescenta ela. Com a mão sempre agarrada no braço de Gilbert, ela diz a Thirion: — Vamos passar o Natal no Líbano.
— Excelente ideia. Dizem que é lindo.
— Sim. E estou curiosa para ver o Natal num país tropical. Sempre imaginamos Natal debaixo de neve...

Gilbert não responde nada. Dominique está tão tensa que uma palavra só bastaria para que ela explodisse. Ele deve estar sentindo.
— Nosso amigo Luzarches teve uma ideia simpática — diz a sra. Thirion com a sua voz cantante de mulher loura. — Um *réveillon*-surpresa de avião. Ele embarca 25 convidados, e não sabemos se aterrissaremos em Londres, Roma, Amsterdã ou em outro lugar. E, evidentemente, terá reservado mesas no mais bonito restaurante da cidade.
— Divertido — diz Dominique.
— Geralmente as pessoas têm tão pouca imaginação quando é para se divertir — diz Gilbert.

Mais uma dessas palavras cujo sentido se esvaziou para Laurence. Às vezes um filme a interessa ou a faz rir, mas se divertir... Será que

Gilbert se diverte? Aquela suspeita que lhe ocorreu outro dia… talvez estivesse fundamentada.

Ela vai sentar-se com Jean-Charles e os Dufrène no canto da lareira.

— Uma pena que nos edifícios modernos não se pode dar-se ao luxo de ter uma lareira — diz Jean-Charles.

Ele olha as chamas cuja luz dança sobre seu rosto. Tirou o blusão de camurça e deixou aberto o colarinho de sua camisa americana; parece mais jovem, mais descontraído do que de costume. (Dufrène também, aliás; será só uma questão de roupa?)

— Esqueci de te contar uma anedota que vai encantar o seu pai — diz Jean-Charles. — Goldwater gosta tanto de fogo de lareira que no verão ele põe a casa gelada com o ar-condicionado e acende a maior lareira.

Laurence fica rindo.

— Sim, papai ia gostar…

Ao lado dela, sobre uma mesinha, há revistas — *Réalité, L'Express, Candide, Votre Jardin* — e alguns livros: o prêmio Goncourt, o Renaudot. Discos estão espalhados em cima do sofá, apesar de Dominique nunca escutar música. Laurence olha de novo para ela: sorridente, desenvolta, fala fazendo muitos gestos com as mãos.

— Eu prefiro jantar no Maxim's. Pelo menos tenho a certeza de que o chefe não cuspiu nos pratos e não fico com o joelho colocado no do moço da mesa ao lado. Sei, hoje é o esnobismo dos pequenos bistrôs. Mas custa o mesmo preço, cheira a gordura e não se pode mexer o dedinho sem bater em alguém.

— Você não conhece *Chez Gertrude*?

— Conheço, sim. Pelo preço prefiro *La Tour d'Argent*.

Ela parece muito à vontade. Por que Gilbert veio? Laurence escuta o riso de Jean-Charles, o dos Dufrène.

— Mas, falando sério, já prestaram atenção: entre os construtores, os promotores, os administradores, os engenheiros, como é que ficamos nós, pobres arquitetos? — diz Jean-Charles.

— Ah! Os promotores! — diz Dufrène, com um suspiro.

Jean-Charles atiça o lume, seus olhos brilham. Será que teve fogos de lenha na sua infância? Em todo caso, tem um ar de infância no seu rosto, e Laurence sente algo derreter nela; a ternura: se ela pudesse tê-la reencontrado, para sempre… A voz de Dominique arranca-lhe os sonhos.

— Eu também pensava que não seria engraçado; e começou mal: o serviço de segurança era defeituoso, ficamos esperando uma hora antes de entrar; mas mesmo assim valeu a pena: lá estavam todas as pessoas que contam em Paris. O champanha era razoável. E devo dizer que achei Madame de Gaulle muito melhor do que esperava, não o aspecto, claro que não é Linette Verdelet, mas tem uma grande dignidade.

— Me disseram que somente a finança e a política tiveram direito a alimentação; as artes e as letras ganharam apenas bebida, é verdade? — pergunta Gilbert em voz preguiçosa.

— A gente não foi lá para comer — diz Dominique, com um risinho crispado.

Que filho da puta, esse Gilbert, fez essa pergunta a mamãe de propósito para ser desagradável com ela! Dufrène volta-se para ele:

— É verdade que se pensa em utilizar máquinas IBM para pintar quadros abstratos?

— Pode ser. Só que não seria rentável, suponho — diz Gilbert, com um sorriso redondo.

— Como! Uma máquina poderia pintar? — exclama a sra. Thirion.

— Pintura abstrata: por que não? — diz Thirion, em tom irônico.

— Sabem que existem umas que produzem músicas de Mozart e Bach? — diz Dufrène. — Pois sim: o único defeito é que as suas obras não têm nenhuma falha, enquanto nas obras dos músicos de carne e osso há sempre alguma.

Engraçado! Eu li isso recentemente, numa revista. Desde que começou a olhar os jornais, Laurence notou que muitas vezes nas conversas as pessoas recitam artigos. Por que não? Eles têm que tirar suas informações de algum lugar.

— Dentro em pouco, as máquinas substituirão nossos ateliês e ficaremos na areia — diz Jean-Charles.

— É muito provável — diz Gilbert. — Entramos numa nova era em que os homens se tornarão inúteis.

— Nós, não! — diz Thirion. — Sempre haverá advogados, porque nunca uma máquina será capaz de eloquência.

— Mas talvez as pessoas não mais serão sensíveis à eloquência — diz Jean-Charles.

— Ora essa! O homem é um animal falante e será sempre seduzido pela palavra. As máquinas não mudarão a natureza humana.

— Sim, justamente.

Jean-Charles e Dufrène estão de acordo (eles têm as mesmas leituras), a ideia de homem deve ser revisada, e sem dúvida vai desaparecer, é uma invenção do XIX, hoje ultrapassada. Em todas as áreas — literatura, música, pintura, arquitetura —, a arte repudia o humanismo das gerações anteriores. Gilbert fica calado, com um ar indulgente, e os outros tomam a palavra. É preciso reconhecer que certos livros não podem mais ser escritos, certos filmes não podem mais ser vistos, músicas não podem mais ser escutadas, mas as obras de arte nunca caducam: o que é uma obra de arte? Seria necessário eliminar os critérios subjetivos e é impossível. Me perdoem, é o esforço de toda a crítica moderna; e os critérios dos Goncourt e dos Renaudot, eu queria conhecê-los; os prêmios são ainda piores do que no ano passado. Ah! Você sabe, tudo não passa de combinações entre editores, sei de fonte segura que certos membros dos júris são comprados, é uma vergonha; para os pintores é mais escandaloso ainda: fazem de qualquer borra-tintas um gênio a troco de publicidade; se todo mundo acha ele um gênio, é um gênio, que paradoxo! Não, não existe outro critério, critério objetivo.

— Oh! De qualquer forma, o que é bonito é bonito! — diz a sra. Thirion com tanto estardalhaço que durante um momento todos se calam. Logo engrenam outra vez...

Como de costume, Laurence se confunde nos seus pensamentos; não concorda quase nunca com quem está falando, mas como não concordam entre si, de tanto contradizê-los acaba se contradizendo a si própria. Apesar de a sra. Thirion ser uma idiota patenteada, fico tentada a dizer como ela: o que é bonito é bonito; o que é verdadeiro é verdadeiro. Mas o que vale essa opinião? De onde me vem? De papai, do colégio, da srta. Houchet. Aos 18 anos, eu tinha convicções. Alguma coisa permaneceu, mas pouca, mais uma nostalgia. Ela duvida dos seus julgamentos: depende tanto de humor e de circunstâncias... Mal consigo, quando saio de um cinema, dizer se gostei ou não do filme.

— Poderia falar com você dois minutos?

Laurence encara friamente Gilbert.

— Não estou com a mínima vontade.

— Insisto.

Laurence o segue ao cômodo do lado, por curiosidade, por preocupação.

Sentam-se os dois; ela espera.

— Queria avisar você de que vou abrir o jogo com Dominique. Evidentemente, aquela viagem está fora de cogitação. Patricia é muito compreensiva, muito humana: mas ela julga que já esperou bastante. Queremos nos casar no final de maio.

A decisão de Gilbert é irrevogável. O único remédio seria matá-lo. Dominique ia sofrer muito menos. Ela murmura:

— Por que você veio? Está lhe dando falsas esperanças.

— Eu vim porque, por várias razões, não desejo fazer de Dominique uma inimiga; e ela colocou em jogo a nossa amizade. Se graças a algumas concessões eu posso conseguir essa ruptura pacificamente, é muito melhor, para ela principalmente, não acha?

— Você não vai conseguir.

— Acredito — continua Gilbert, com outra voz. — Vim também para observar as suas disposições de espírito. Ela cisma em acreditar numa simples aventura. Tenho que abrir-lhe os olhos.

— Não agora!

— Volto para Paris hoje à noite… — O rosto de Gilbert se ilumina. — Escute, estou me perguntando se, no interesse de Dominique, não seria bom você prepará-la.

— Ah! Essa era a verdadeira razão de sua presença: você queria me encarregar dessa tarefa ingrata.

— Confesso que detesto as cenas.

— Porque você não tem imaginação: as cenas não são o pior. — Laurence está pensando. — Faça uma coisa: recuse a viagem, sem falar em Patricia. Dominique vai ficar tão zangada que ela mesma vai romper.

Gilbert diz em tom cortante:

— Você sabe que não.

Ele está certo. Laurence quis acreditar durante um instante nas palavras de Dominique: "Vou colocar as cartas na mesa com ele", mas depois de reclamar, gritar, vai continuar esperando, exigindo, alimentando esperanças.

— O que você vai fazer é terrível.

— A sua hostilidade me faz mal — diz Gilbert, com um ar aflito. — Ninguém é dono do seu coração. Não amo mais Dominique; amo Patricia. Onde está o meu crime?

O verbo amar na sua boca tem algo obsceno. Laurence se levanta.

— Falarei com ela durante a semana — diz Gilbert. — Faça-me o favor de visitá-la logo depois de nossa explicação.

Laurence olha para ele com ódio.

— Para impedir que ela ponha um fim deixando um recado no qual diria o porquê? Não ficaria bem, sangue no vestido branco de Patrícia...

Ela se afasta. Lagostas rangem nos seus ouvidos; um horrível barulho de sofrimento desumano. Ela anda até o aparador e se serve de uma taça de champanha. Estão enchendo os seus pratos enquanto prosseguem as conversas.

— A essa menina, não lhe falta talento — diz a sra. Thirion —, mas precisavam ensinar-lhe a se vestir, ela seria capaz de usar uma blusa de poás com uma saia listrada.

— Note que isso é possível — diz Gisèle Dufrène.

— Quando se é um costureiro gênio, pode se conseguir tudo — diz Dominique.

Ela se aproxima de Laurence.

— O que foi que Gilbert falou para você?

— Oh! Ele queria me recomendar a sobrinha de um dos seus amigos interessada em publicidade.

— Verdade?

— Você não está pensando que Gilbert falaria comigo das suas relações com você?

— Com ele, tudo é possível. Você não come nada?

Laurence está com o apetite cortado. Ela se joga numa poltrona e pega uma revista. Sente-se incapaz de sustentar uma conversa. *Ele vai falar durante a semana. Quem poderá me ajudar a acalmar Dominique? Laurence percebeu, durante este mês, a solidão da mãe. Uma multidão de relações, nenhuma amiga. Ninguém capaz de escutá-la ou simplesmente distraí-la. Esse frágil edifício tão ameaçado, nossa vida, a carregar sozinha. Será assim para todos? Pelo menos, eu tenho papai. E aliás, Jean-Charles nunca vai me fazer infeliz.* Ela levanta os olhos na sua direção. Ele fala, ri, riem em volta dele, ele faz sucesso assim que faz um pouco de força. De novo um bafo de ternura sobe ao coração de Laurence. *Afinal, era normal estar nervoso, esses dias. Ele sabe o que deve ao Vergne; por outro lado, não pode sacrificar-lhe todas as ambições. Era esse conflito que o deixava preocupado. Ele tem gosto pelo sucesso, e Laurence o compreende. O trabalho seria extremamente chato se a gente não entrasse no jogo.*

— Minha querida Dominique, sinto muito, mas vou ter que ir embora — diz Gilbert, em tom cerimonioso.

— Já?

—Vim cedo, porque precisava sair logo — diz Gilbert.

Ele faz a volta para se despedir rápido das pessoas. Dominique o acompanha na saída. Jean-Charles faz sinal para Laurence.

—Venha cá. Thirion está contando histórias incríveis, sobre seus processos.

Todos estão sentados, menos Thirion, que anda a passos largos agitando as mangas de uma toga imaginária.

— O que eu penso das minhas colegas magistradas, querida senhora? — diz para Gisèle. — Muitas coisas boas; um grande número delas são mulheres charmosas e um grande número delas tem talento (geralmente não são as mesmas). Mas uma coisa é certa: nunca nenhuma será capaz de advogar em tribunais criminais. Não têm o fôlego, nem a autoridade, nem, vocês vão estranhar, o senso teatral necessários.

— Já vimos mulheres fazendo sucesso em profissões que *a priori* lhes pareciam proibidas — diz Jean-Charles.

— A mais esperta, a mais eloquente, juro a vocês que, diante de um júri, acabo com ela numa bocada só.

— Talvez tenha surpresas — diz Jean-Charles. — Eu creio que o futuro é das mulheres.

— Pode ser, mas com a condição de que elas não imitem os homens.

— Ter uma profissão de homem não é imitar o homem.

— Ora, Jean-Charles — diz Gisèle Dufrène —, você, que está sempre na onda, não me diga que é feminista. O feminismo, hoje, é ultrapassado.

O feminismo: ultimamente só se fala nisso. Imediatamente Laurence se ausenta. É como a psicanálise, o Mercado Comum, as Forças Armadas, ela não sabe o que pensar a respeito, ela não pensa nada a respeito. Sou alérgica. Ela olha para a mãe, que está voltando com um sorriso constrangido nos lábios. Amanhã, daqui a dois dias, esta semana, Gilbert vai falar tudo. A voz ecoou, ecoará no canto do salão: "Filho da puta!" Laurence revê as flores que se pareciam com pássaros maus. Quando volta a si, a sra. Thirion fala com veemência:

— Denegrir sistematicamente, acho isso nojento. Mesmo assim, é uma linda ideia: no jantar de 25 de janeiro, em benefício das crianças carentes, será servido por vinte mil francos o menu dos indianozinhos: uma tigela de arroz e um copo d'água. Muito bem! A imprensa de esquerda faz chacota. O que diriam se comêssemos caviar e *foie gras*!

— Sempre se pode criticar tudo — diz Dominique. — É melhor deixar para lá.

Ela parece estar ausente, responde distraída à Sra. Thirion enquanto os outros quatro se instalam ao redor de uma mesa de bridge; Laurence abre o *L'Express:* recortado em finas rubricas, o noticiário se engole que nem um café com leite; nenhuma asperidade, nada que agarra, nada que arranha. Ela está com sono, se levanta apressadamente quando Thirion deixa a mesa de bridge declarando:

— Amanhã tenho um dia carregado. Vamos ter que ir embora.

— Eu vou dormir — diz ela.

— Dormir aqui deve ser maravilhoso — diz a sra. Thirion. — Não precisa usar tranquilizantes, suponho. Em Paris é indispensável.

— Eu cortei os tranquilizantes desde que tomo todo dia um harmonizador — diz Gisèle Dufrêne.

— Eu experimentei um daqueles discos de ninar, mas não ia no embalo — diz Jean-Charles com alegria.

— Me falaram de um aparelho surpreendente — diz Thirion. — Se liga na tomada; produz sinais luminosos, monótonos e fascinantes que nos adormecem; e se desliga sozinho. Vou encomendar um.

— Ah! Esta noite não preciso de nada disso — diz Laurence.

Realmente encantadores esses quartos: forrados com tela de Jouy, camas rústicas, cobertores em *patchwork,* e em cima de uma pia, uma bacia e um cântaro de louça. Na parede, uma porta quase invisível dá num banheiro. Ela se debruça na janela e respira um cheiro gelado de terra. Dentro de um instante Jean-Charles estará aqui: ela só quer pensar nele, no seu perfil iluminado pela luz dançante das chamas. E de repente ele está, a abraça, e a ternura se transforma nas veias de Laurence num fluxo fervente, ela desmaia de desejo enquanto os lábios deles se juntam.

— Então! Minha filhinha! Não ficou com muito medo?

— Não — diz Laurence. — Estava tão contente de não ter derrubado o ciclista.

Ela apoia a cabeça no encosto da confortável poltrona de couro. Não está tão contente assim, sem saber muito bem por quê.

— Aceita uma xícara de chá?

— Oh! Não se incomode.

— Em cinco minutos.

Cartas, televisão: já havia anoitecido quando saímos; eu não corria na estrada. Sentia a presença de Jean-Charles ao meu lado, lembrava a nossa noite, enquanto perscrutava o caminho. De repente, de um atalho à minha direita, um ciclista ruivo surgiu na luz dos faróis. Dei uma virada brusca no volante, o carro balançou e virou no acostamento.

— Você não teve nada?
— Nada — disse Jean-Charles. — E você?
— Nada.

Desligou o carro. A porta se abriu:
— Estão feridos?
— Não.

Um bando de ciclistas — rapazes, moças — cercavam o carro que se imobilizara, de cabeça para baixo, e cujas rodas continuavam rodando; gritei para o ruivo: "Seu imbecil!", mas que alívio! Eu pensei que tivesse passado por cima dele. Me joguei nos braços de Jean-Charles.

— Meu amor! Tivemos muita sorte. Nem um arranhão!

Ele não sorria:
— O carro está em pedaços.
— Isso é. Mas é melhor do que se fosse você ou eu.

Automobilistas pararam; um dos rapazes explicou:
— Que besteira, ele não prestava atenção, se jogou debaixo do carro; então a jovem senhora desviou o carro para a esquerda.

O ruivo balbuciava desculpas, os outros me agradeciam...
— Ele lhe deve um enorme favor.

Naquela beira de estrada molhada, ao lado do carro massacrado, uma alegria subia em mim, estonteante como champanha. Eu gostava desse ciclista imbecil porque não o havia matado, e dos amigos dele que me sorriam, e desses desconhecidos que se propunham a nos levar de volta para Paris. E de repente minha cabeça girou e perdi os sentidos.

Voltara a si no fundo de uma DS. Mas lembro muito mal dessa volta: ficara chocada mesmo. Jean-Charles falava que teríamos que comprar outro carro e que não tiraríamos duzentos mil francos dos destroços; ele estava irritado, era normal; o que Laurence admitia menos era que ele estava com raiva dela. Não foi culpa minha, estou até orgulhosa de ter conseguido evitar o pior. Mas, afinal de contas, todos os maridos estão convencidos de que no volante eles se saem melhor que a esposa. Sim, me lembro, ele estava de má-fé a tal ponto que antes de deitarmos, quando falei:

— Ninguém se saía dessa sem estraçalhar o carro.

Ele respondeu:

— Não acho isso nenhuma vantagem; só temos um seguro contra terceiros.

—Você queria que eu matasse esse homem?

—Você não o teria matado. Quebrava-lhe uma perna...

— Podia muito bem tê-lo matado, sim.

— Pois ia ser mais do que merecido. Todos iam testemunhar em seu favor.

Disse isso sem pensar uma palavra, para me agradar, porque está convencido de que eu podia levar menos prejuízo. E é falso.

— Aqui está o chá, mistura especial — diz seu pai, colocando a bandeja sobre uma mesa entulhada de jornais.

— Sabe o que eu me pergunto? — disse ele. — Com as meninas no carro, teria tido o mesmo reflexo?

— Não sei — responde Laurence.

Ela hesita. Jean-Charles é um outro eu, pensa ela. Somos solidários. Agi como se estivesse sozinha. Mas expor as minhas filhas ao perigo para poupar um desconhecido, que absurdo! E Jean-Charles? Era ele quem estava sentado no lugar do morto. Afinal, ele tem algum motivo para ter ficado zangado.

Seu pai continua:

— Ontem, se estivesse com as crianças, teria preferido derrubar um prédio, mas não correria o menor risco!

— Como estavam felizes! — diz Laurence. — Você as tratou como rainhas!

— Ah! Levei-as num desses pequenos restaurantes onde se come ainda creme de leite verdadeiro, galeto alimentado com trigo do bom, ovos de verdade! Você sabe que nos Estados Unidos alimentam as galinhas com algas e é preciso injetar um produto químico nos ovos para dar-lhes um gosto de ovo?

— Não estranho. Dominique me trouxe chocolate de Nova York quimicamente perfumado com chocolate.

Riem juntos. Quando eu penso que nunca passei um fim de semana com ele! Serve o chá em xícaras avulsas. Uma lâmpada, montada num velho candeeiro de petróleo, ilumina a mesa onde está aberto um livro da coleção *La Pléiade*: ele possui a coleção completa. Não precisa torturar a sua imaginação para se divertir.

— Louise é muito esperta — diz ele. — Mas é Catherine quem se parece mais com você. Na idade dela, você tinha o mesmo ar grave.

— Sim, já fui parecida com ela — diz Laurence.
(Será que ela se parecerá comigo?)
— Acho que a imaginação dela se desenvolveu muito.
— Veja você! Marthe tenta me persuadir para que ela faça a sua primeira comunhão.
— Está sonhando em nos converter a todos. Não está pregando: se oferece em exemplo. Como quem diz: vejam como a fé transfigura uma mulher e que beleza interior ela alcança... Mas, coitada, exteriorizar a beleza interior não é fácil.
— Você é má!
— Oh! É uma boa moça. Sua mãe e você fazem carreiras brilhantes; mãe de família, é muito apagado: então ela aposta na santidade.
— E ter Hubert como única testemunha de sua vida é evidentemente insuficiente.
— Quem estava em Feuverolles?
— Gilbert Mortier, os Dufrène, Thirion e sua esposa.
— Ela recebe esse crápula! Lembra quando ele vinha em casa? Sempre fazendo discursos, e nenhum conteúdo. Sem me vangloriar, estava iniciando melhor do que ele. Toda a sua carreira foi feita na base de golpes baixos e de publicidade. E era isso que Dominique queria que eu me tornasse!
— Você não poderia.
— Poderia, se eu fizesse as sujeiras que ele fez.
— Era o que eu queria dizer.
A incompreensão de Dominique. "Ele escolheu a mediocridade." Não. Uma vida sem comprometimentos, com tempo para refletir e se cultivar, em vez da existência trepidante que se leva no meio da mamãe; que eu levo também.
— Sua mãe continua prosperando?
Laurence hesita.
— Não está indo bem com Gilbert Mortier. Eu creio que ele vai deixá-la.
— Deve estar caindo das nuvens! É mais inteligente que Miss Universo e mais agradável de se olhar do que era a sra. Roosevelt: então ela se acha superior a todas as mulheres.
— No momento ela está infeliz. — Laurence entende a dureza do seu pai, mas tem pena de Dominique. — Sabe, pensei no que você me falou, sobre a infelicidade. Entretanto, isso existe. Você domina todas as situações, mas isso não está ao alcance de todos.

— O que eu posso, todos podem. Não sou uma exceção.

— Eu acho que sim — diz Laurence, com carinho. Por exemplo, a solidão, são poucas as pessoas capazes de se acomodar a ela.

— Porque não tentam sinceramente. Minhas maiores alegrias me vieram na solidão.

— Está realmente satisfeito com sua vida?

— Nunca fiz nada de que me sinta culpado.

— Tem sorte.

— Você não está satisfeita com a sua?

— Oh, sim! Mas me sinto culpada por certas coisas; cuido muito pouco das minhas filhas; vejo você muito pouco.

— Tem a sua casa e a sua profissão.

— Sim, mas mesmo assim...

Sem o Lucien, eu teria mais tempo para mim, pensa ela; veria papai mais frequentemente e poderia, como ele, ler, refletir. A minha vida está muito atravancada. Está vendo, agora tenho que voltar para casa. Ela se levanta

— A sua mistura especial era uma delícia.

— Me diga um coisa: tem certeza de que não está com contusões internas? Você deveria ver um médico.

— Não, não. Estou muito bem.

— Como vocês vão fazer, sem carro? Quer que lhe empreste o meu?

— Mas vai lhe fazer falta.

— Não vai me fazer falta; uso-o tão raramente! Prefiro muito mais passear a pé.

Esse é meu pai, pensa Laurence com emoção enquanto se instala ao volante. Não se deixa enganar por ninguém, pode até colocar as unhas de fora, mas tão presente, tão atento e sempre pronto para ajudar. Ela sente ainda em volta de si a morna penumbra do apartamento. Desatravancar a minha vida. Tenho que me livrar de Lucien.

"Esta noite mesmo", já se decidiu. Disse que ia sair com Mona; Jean-Charles acreditou nela, sempre acredita, por falta de imaginação. Com certeza ele não a engana, e a ideia de ser ciumento nem lhe passa pela cabeça.

— É bonito este lugar, você não acha?

— Muito bonito — diz ela.

Depois de uma hora na casa de Lucien, ela insistiu para sair. Parecia-lhe mais fácil explicar-se num lugar público do que na intimidade de um quarto. Ele a levou num elegante cabaré *belle époque*: luz suave, espelhos, plantas, cantinhos discretos com sofás. Ela poderia ter inventado esse quadro para valorizar uma marca de champanha ou de conhaque num filme. Um dos inconvenientes da profissão: ela sabe demais como se fabrica um ambiente: o mesmo se decompõe debaixo do seu olhar.

— O que você quer tomar? Eles têm ótimos uísques.

— Peça um para mim; você o bebe.

— Está linda hoje.

Ela sorri gentilmente.

— Você diz isso a cada vez.

— É verdade a cada vez.

No espelho ela se olha rapidamente. Uma linda mulher, delicadamente alegre, um pouco caprichosa, um pouco misteriosa, é assim que Lucien me vê. E me agrada. Para Jean-Charles, ela é eficiente, leal, límpida. É falso também. Agradável de olhar, sim. Mas muitas mulheres são mais bonitas. Uma morena de pele nacarada, grandes olhos verdes incrustados de imensos cílios falsos dança com um rapaz um pouco mais jovem do que ela: entendo que um homem perca a cabeça por uma criatura assim. Sorriem um para o outro e às vezes seus rostos se tocam. É o amor? Nós também sorrimos um para o outro, nossas mãos se tocam.

— Se você soubesse que suplício, esses fins de semana! A noite de sábado... As outras noites posso duvidar. Mas o sábado... É um abismo vermelho no fundo de minha semana. Me embriaguei.

— Que besteira. Não é tão importante assim.

— Comigo também, não é tão importante assim.

Ela não responde. Como está se tornando chato! Sempre reclamando. Se me culpar mais uma vez, eu engreno: pois é...

— Vem dançar? — propõe ele.

— Vamos.

"Esta noite mesmo", repete Laurence para si mesma. Por que exatamente? Não por causa da noite de Feuverolles, não a incomoda passar de uma cama a outra: é tão parecido. E Jean-Charles a deixou gelada quando depois do acidente ela se jogou nos seus braços e ele disse, seco: "O carro está em pedaços." A verdadeira razão, a única, é que o amor é maçante quando não se ama mais. Tanto tempo perdido. Estão calados, como tantas outras vezes ficaram calados; mas será que ele sente que o silêncio não é o mesmo?

"E agora, como agir?", ela se pergunta, sentando-se novamente no sofá. Acende um cigarro. Nos romances à moda antiga, não param de acender cigarros, é artificial, diz Jean-Charles. Mas na vida real isso se faz frequentemente quando as pessoas precisam parecer mais à vontade.

— Você também usa *Criquet*? — diz Lucien. — Você, que tem tão bom gosto? É tão feio!

— É cômodo.

— Gostaria tanto de lhe oferecer um bonito isqueiro. Bem bonito. De ouro. Mas nem tenho o direito de lhe dar presente...

— Ora! Ora! Você não perdeu nenhuma oportunidade até agora.

— Pacotilhas.

Perfumes, echarpes, ela falava que eram amostras publicitárias. Mas é claro que uma caixa de pó de arroz ou um isqueiro de ouro Jean-Charles não ia engolir.

—Você sabe, eu não faço questão dos objetos. Fazendo publicidade a favor, fiquei com enjoo deles...

— Não tem nada a ver. Um belo objeto dura, é carregado de lembranças. Este isqueiro justamente, acendi seus cigarros com ele quando você veio na minha casa pela primeira vez.

— Não precisamos disso para nos lembrar.

No fundo, de uma forma diferente de Jean-Charles, Lucien também vive ao lado de si mesmo. Só conheço meu pai que seja diferente. As suas fidelidades estão dentro dele, não dentro das coisas.

— Por que você fala comigo nesse tom? — pergunta Lucien. — Você quis sair, saímos; faço tudo o que você quer. Poderia ser mais amável.

Ela não responde nada.

— Durante toda esta noite você não falou nenhuma palavra de carinho.

— Não houve ocasião.

— Não há nunca mais.

"É agora", pensa Laurence. Ele vai sofrer um pouco e depois vai se consolar. Neste exato minuto, inúmeros amantes estão cortando relações; daqui a um ano, não estarão mais pensando nisso.

— Escute, você não para de reclamar comigo. É melhor termos uma explicação franca.

— Não tenho nada para lhe explicar — diz ele com vivacidade. — E não lhe pergunto nada.

— Indiretamente, sim. E quero lhe responder. Tenho por você o maior afeto, e terei sempre. Mas não o amo mais.

(Já amei um dia? Têm sentido essas palavras?) Faz-se um silêncio. O coração de Laurence bate um pouco mais rápido, mas o mais duro já passou. As palavras definitivas foram pronunciadas. Falta fechar a cena.

— Sei disso há muito tempo — diz Lucien. — Por que precisa me dizer isso agora?

— Porque temos que agir em consequência. Se não é mais amor, é melhor deixarmos de dormir juntos.

— Eu te amo. E há muita gente que dorme junto sem se amar de paixão.

— Não vejo razão para fazer isso.

— Claro! Você tem tudo de que precisa em casa. E eu, eu que não posso mais viver sem você, sou a última de suas preocupações.

— Pelo contrário, penso em você antes de tudo. Eu lhe dou muito pouco, migalhas, como você diz muitas vezes. Outra mulher o faria bem mais feliz.

— Que emocionante solicitude!

O rosto de Lucien soçobra, ele segura a mão de Laurence.

—Você não está falando seriamente! Nossa história toda, as noites no Havre, as noites no meu quarto, nossa escapadela em Bordeaux, está apagando tudo?

— Não estou. Me lembrarei sempre.

— Já esqueceu.

Ele invoca o passado, se debate; ela replica com calma; é perfeitamente inútil, mas ela sabe o que se deve a alguém que estamos abandonando; vai escutá-lo até o fim com cortesia, é o mínimo que pode fazer. Ele olha para ela com um ar de suspeita.

— Já entendi: tem outro homem!

— Imagine! Com a vida que eu levo!

— Não, de fato; não acredito nisso. Você não me amou. Não ama ninguém. Existem mulheres frígidas na cama. Você é pior. Sofre de frigidez do coração.

— Não tenho culpa.

— E se eu falasse para você que eu vou me arrebentar na autoestrada?

—Você não seria estúpido a esse ponto. Vamos, não dramatize. Sou uma mulher entre outras... Todas as pessoas são substituíveis.

— É atroz o que você está falando.

Lucien se levanta.

—Vamos para casa. Você vai me deixar com vontade de bater em você.

Seguem em silêncio até a casa de Laurence. Ela desce e fica hesitando durante um momento na beira da calçada.

— Então, até logo — diz ela.

— Não. Até logo, não; seu carinho, pode enfiá-lo... Vou mudar de firma e nunca mais vou revê-la na vida.

Ele fecha a porta do carro, aperta a embreagem. Ela não está muito satisfeita consigo mesma. Insatisfeita também não está. "Eu tinha que fazer isso", pensa ela. Não sabe muito bem por quê.

Cruzou com Lucien hoje na Publinf, e não se dirigiram a palavra. São dez horas da noite. Está arrumando o quarto quando escuta a campainha do telefone e a voz de Jean-Charles:

— Laurence! A sua mãe quer falar com você.

Ela se precipita.

— É você, Dominique?

— Sou eu. Venha imediatamente.

— O que está acontecendo?

— Eu lhe falo.

— Já estou chegando.

Jean-Charles volta à sua leitura; ele pergunta com um ar chateado:

— O que está havendo?

— Gilbert deve ter falado.

— Que histórias!

Laurence enfia o casaco e vai dar um beijo nas suas filhas.

— Por que é que você está saindo a essa hora? — pergunta Louise.

— Vovó não está passando muito bem. Pediu que eu fosse comprar um remédio para ela.

O elevador a leva até a garagem onde está guardado o carro que o pai lhe emprestou. Gilbert falou! Ela dá marcha a ré, sai. Calma, calma. Respirar fundo várias vezes. Manter a calma. Não correr demais. Por sorte, ela encontra logo um lugar para estacionar no meio-fio. Fica um tempo imóvel embaixo da escada. Não tem coragem de subir, de tocar. O que é que vai encontrar atrás da porta? Ela sobe, toca.

— O que está acontecendo?

Dominique não responde. Está penteada, pintada, o olhar seco, está fumando nervosamente.

— Gilbert acaba de sair daqui — diz ela, com voz surda.

Manda Laurence entrar na sala.

— É um filho da puta. Um filho da puta de marca maior. A mulher dele também. Todos. Mas me defenderei. Querem acabar comigo. Não conseguirão.

Laurence a interroga com os olhos; espera; as palavras se formam com dificuldade na boca de Dominique:

— Não é Lucile. É Patricia. Aquela débil mental. Vai casar-se com ela.

— Casar-se?

— Casar-se. Já pensou? Já estou vendo. Um grande casamento no Manoir, com flores de laranjeira. Na igreja, já que com Marie-Claire ele não chegou a passar na frente do padre. E Lucile toda emocionada, jovem mãe da noiva. Não, é uma piada.

Está rindo a gargalhadas, a cabeça virada para trás, apoiada no encosto da poltrona; ela ri, ri, o olhar fixo, toda branca, e por baixo da pele do pescoço cordas grossas sobressaem: é de repente um pescoço de mulher muito velha. Nesses casos deve-se dar uma bofetada nas pessoas ou jogar água no rosto, mas Laurence não ousa. Ela só diz:

— Acalme-se, por favor, acalme-se.

Um fogo de lenha agoniza na lareira, está muito calor. O riso para, a cabeça de Dominique cai para a frente, as cordas do pescoço desaparecem, o rosto some. Falar.

— Marie-Claire aceita o divórcio?

— Muito feliz; me odeia. Suponho que vai estar entre os convidados. — O punho de Dominique se esmaga contra o braço da poltrona. — Durante toda a minha vida eu lutei. E essa boboquinha, aos vinte anos, se torna a mulher de um dos homens mais ricos da França. Será ainda jovem quando ele virar presunto, deixando para ela a metade de sua fortuna. Você acha isso justo?

— Oh! A justiça. Escute: você conseguiu as coisas sozinha, e é muito bonito. Não precisou de ninguém. Isso prova a sua força. Mostre para eles que você é forte e não liga para o Gilbert...

— Você acha bonito conseguir as coisas sozinha? Não sabe o que isso significa. O que é preciso fazer, e suportar, sobretudo quando se é uma mulher. Durante a minha vida toda, fui humilhada. Com Gilbert... — A voz de Dominique diminui. — Com Gilbert me sentia protegida; em paz; enfim em paz, depois de tantos anos...

Ela disse essas palavras com tal acento que Laurence sente de repente um imenso carinho por ela. A segurança, a paz. Está sempre empenhada em disfarçar a verdade e desta vez a alcança...

— Dominique querida, deve sentir orgulho de si mesma. Não mais se sentir humilhada, nunca mais. Esqueça Gilbert, ele não merece o seu pesar. Eu sei, é duro, vai levar um pouco de tempo, mas vai conseguir…

— Não é humilhante ser jogada fora como um trapo? Ah! Posso escutá-los rindo de mim.

— Não há por que rir.

— Mas vão rir mesmo assim.

— São uns imbecis. Não se preocupe com eles.

— Mas não posso. Você não entende. Você é como o seu pai, está flutuando fora do mundo. Eu, é com essas pessoas que vivo.

— Não os veja mais.

— E vou ver quem? — No rosto pálido de Dominique as lágrimas estão escorrendo. — Ser velha já é horrível. Mas eu pensava que Gilbert estaria comigo, que estaria sempre. E não. Velha e só: é terrível.

— Não é velha.

— Vou ser.

— Não está só. Você tem a mim, tem a nós.

Dominique chora. Debaixo das máscaras, existe uma mulher de carne e de sangue, com um coração, que sente a velhice chegar e que a solidão espanta; ela murmura:

— Uma mulher sem homem é uma mulher só.

— Vai encontrar outro homem. Enquanto isso, você tem o seu trabalho.

— Meu trabalho? Você acha que isso me traz alguma coisa? Antigamente sim, porque eu queria chegar lá. Agora, cheguei, e me pergunto aonde.

— Justamente aonde você queria. Você tem uma situação fora de série; tem um trabalho muito envolvente.

Dominique não escuta. Seu olhar está fixo na parede diante dela.

— Uma mulher bem-sucedida! De longe isso impõe respeito. Mas quando você se encontra só, no quarto, à noite… definitivamente só. — Ela estremece, como se estivesse saindo de um transe. — Não vou suportar isso! "Suporta sim, suporta sim", dizia Gilbert. Sim ou não?

— Faça uma viagem. Vá para Balbeck sem ele.

— Sozinha?

— Com uma amiga.

— Você conhece amigas minhas? E de onde eu tiraria o dinheiro? Nem sei se poderei conservar Feuverolles, a manutenção custa caro demais.

— Pegue o seu carro, desça até a Itália, mude as ideias.
— Não! Não! Não vou ceder. Vou fazer alguma coisa.

O rosto de Dominique voltou a ficar tão duro que Laurence até se assustou um pouco.

— O quê? O que você pode fazer?
— De qualquer forma me vingarei.
— Como?

Dominique hesita; uma espécie de sorriso deforma a sua boca.

— Tenho certeza de que esconderam à menina as relações sexuais de sua mãe com Gilbert. Falarei com ela. E também como ele falava de Lucile: os seios nos joelhos e tudo o mais.

— Você não vai fazer isso! Seria uma loucura. Você não vai se encontrar com ela!

— Não. Mas posso escrever para ela.
— Não está falando sério!
— E por que não?
— Seria nojento!

— E o que fazem comigo, não é nojento? A elegância, o *fair play*, que brincadeira! Eles não têm o direito de me fazer sofrer: não vou lhes dar o bem em troca do mal.

Laurence nunca julgou Dominique, ela não julga ninguém; mas está tiritando. Faz tão frio nesse coração, cobras se contorcem nele. Impedir isso, custe o que custar.

— Não vai conseguir nada; vai se degradar aos olhos deles e o casamento será realizado mesmo assim.

— Disso não tenho dúvidas — diz Dominique. Ela pensa, ela calcula. — Patricia é uma simplória. O mesmo tipo de Lucile: temos amantes, mas a filhinha não sabe de nada, filhinha é virgem, merece a sua flor de laranjeira…

Laurence está estupefata com a vulgaridade repentina de Dominique. Ela nunca tivera essa voz, essa linguagem; é uma outra quem fala, não é Dominique.

— Então, quando souber da verdade, a filhinha de Maria levará um tremendo choque.

— Ela não lhe fez nada, não é ela.
— É ela também.

Em voz agressiva, Dominique acrescenta:

— Por que você as defende?

— Eu defendo você contra você mesma. Escute, sempre falou que era preciso engolir sapos; estava indignada contra Jeanne Texcier.

— Mas eu não me suicido: me vingo.

O que dizer, que argumento encontrar?

—Vão dizer que você está mentindo.

— Ela não vai contar nada para eles: vai sentir ódio demais.

— Suponha que ela fale com eles. Vão contar para todo mundo que você escreveu essas cartas.

— Claro que não. Não vão lavar a roupa suja em público.

—Vão dizer que você escreveu cartas baixas, sem dar detalhes.

— Então, eu darei detalhes.

— Já imaginou o que vão pensar de você?

— Que não me deixo pisar. De qualquer maneira, sou uma mulher abandonada; uma velha mulher abandonada em troca de uma mocinha. Prefiro ser odiada do que ridícula.

— Por favor...

— Ah! Você me cansa — diz Dominique. — Bom, não vou fazer isso. E então? — Outra vez o rosto se desfigura, ela rompe em prantos. — Nunca tive sorte. Seu pai era um incapaz. Sim, um incapaz. E quando finalmente eu encontro um homem, um verdadeiro, ele me abandona por uma idiota de vinte anos.

— Quer que eu fique aqui esta noite?

— Não. Me dê minhas pílulas. Vou aumentar um pouco a dose e vou dormir. Estou esgotada.

Um copo d'água, uma cápsula verde, dois comprimidinhos brancos. Dominique toma.

— Pode ir agora.

Laurence dá um beijo nela e fecha a porta de entrada depois de sair. Dirige devagar. Dominique vai ou não vai escrever essa carta? Como impedi-la de fazer isso? Avisar Gilbert? Seria uma traição. E ele não pode vigiar a correspondência de Patricia. Sair viajando com mamãe, logo, amanhã mesmo? Não vai aceitar. O que fazer? Assim que surge essa pergunta, que confusão! Sempre fui guiada. Nunca decidi nada: nem mesmo meu casamento; nem minha profissão; nem minha história com Lucien: se fez e se desfez, apesar de mim. As coisas acontecem comigo, mais nada. Fazer o quê? Pedir conselho a Jean-Charles?

— Oh! Meu Deus! se você soubesse em que estado se encontra Dominique! — diz Laurence — Gilbert falou tudo para ela.

Ela deixa o seu livro depois de ter colocado uma fita entre as páginas.

— Era de se esperar.

— Eu pensava que fosse reagir melhor. Desde um mês que ela vinha falando de Gilbert!

— São tantas coisas em jogo. Mesmo que fosse apenas o dinheiro: vai ter que mudar de *status*.

Laurence fecha o rosto. Jean-Charles detesta o patético, certo; mas mesmo assim, que indiferença na sua voz!

— Dominique não gosta de Gilbert pelo seu dinheiro.

— Mas ele tem, e isso conta. Conta para todo mundo, não se esqueça — disse ele, em voz agressiva.

Ela não responde e vai em direção ao quarto. Decididamente ele não digeriu os oitocentos mil francos que lhe custou o acidente. E me responsabiliza pelo mesmo. Ela tira a roupa com gestos bruscos. A raiva sobe dentro dela. Não quero perder a paciência, preciso dormir direito. Um copo d'água, movimentos de ginástica, um banho frio. Evidentemente, não podia contar com um conselho de Jean-Charles: se meter nas coisas dos outros, nunca. Uma única pessoa poderia ajudar Laurence: seu pai. E mesmo assim, apesar da sua compreensão e generosidade, ela não ia pedir a compaixão dele com os dissabores de Dominique. Desta vez, antes de ir para a cama, ela toma um comprimido. Muitas emoções desde domingo: tudo acontece sempre junto.

Com receio de acordar a mãe, Laurence deixa para telefonar na hora de sair para o escritório. Ela pergunta:

— Como está? Dormiu?

— Admiravelmente até as quatro horas da manhã.

Nota-se uma espécie de desafio alegre na voz de Dominique.

— Só até as quatro horas?

— Sim. Às quatro, acordei. — Um silêncio e num tom triunfante, Dominique profere: — Escrevi para Patrícia.

— Não! Oh, não! — O coração de Laurence começou a bater com violência: — Você não enviou a carta?

— Por telegrama, às cinco horas. Me divirto um bocado imaginando a cara dela, que gracinha.

— Dominique! Que insensatez! Ela não pode ler essa carta. Ligue para ela: peça para ela não abrir o telegrama, pelo amor de Deus!

— E você acha que eu vou telefonar para ela! Aliás, já é tarde, ela já leu.

Laurence fica calada. Põe o fone no gancho e mal tem tempo de chegar até o banheiro: um espasmo lhe arranca o estômago, vomita todo o chá que acabou de tomar; não lhe acontecia há muitos anos, vomitar de emoção. O seu estômago está vazio, espasmos o revolvem ainda. Está sem imaginação, não consegue ver nem Patricia nem Lucile, nem Gilbert, nada. Mas está com medo. Um verdadeiro pânico. Ela bebe um copo d'água e volta a desmoronar no sofá.

— Mamãe, você está cansada? — pergunta Catherine.
— Um pouco. Não é grave. Vá fazer os seus deveres.
— Está cansada ou está triste? É por causa da vovó?
— Por que me pergunta isso?
— Ainda agora você me disse que ela estava melhor, mas não parecia acreditar nisso.

Catherine levanta um rosto ansioso mas confiante em direção à mãe. Laurence a segura pela cintura e aperta-a contra ela.

— Ela não está doente realmente. Acontece que ela ia se casar com Gilbert, e ele não gosta mais dela, vai se casar com outra. Por isso está infeliz.
— Ah! — Catherine fica pensando. — O que podemos fazer?
— Ser muito gentil com ela. Nada mais.
— Mãe, vovó vai se tornar um pessoa má?
— Como?
— Brigitte diz que quando as pessoas são más, é porque são infelizes, com exceção dos nazistas.
— Ela lhe disse isso? — Laurence aperta Catherine com mais força.
— Não, vovó não vai se tornar uma pessoa má. Mas tome cuidado quando encontrar com ela: faça como se você não soubesse que ela está triste.
— Não quero que você esteja triste — diz Catherine.
— Eu sou feliz porque tenho uma filhinha tão gentil. Vá fazer os seus deveres e não fale dessas coisas para Louise: ela é pequena demais. Me promete?
— Prometo — diz Catherine.

Ela dá um beijo no rosto da mãe e se afasta. Há de tornar-se ela uma mulher como eu, com pedras no peito e fumaças de enxofre na cabeça?

"Não pense mais nisso, não posso mais pensar nisso", pensa Laurence, enquanto no seu escritório da Publinf está discutindo com Mona e Lucien sobre o lançamento da cambraia Floribelle. Onze e meia. Patricia devia ter recebido o telegrama às oito horas da manhã.

— Está escutando o que estou falando? — diz Lucien.
— Estou, sim.

Ele guarda um rancor obstinado, hostil; ela preferia não vê-lo mais, porém Voisin se recusa a liberá-lo. Inocência da cambraia, inocência sofisticada; transparência: limpidez das fontes mas também indiscrição maliciosa; temos que jogar com esses contrastes. A campainha do telefone deixa Laurence sobressaltada. Gilbert: "Encarecidamente, aconselho que faça uma visita a sua mãe." Uma voz cortante, má; e ele desligou. Laurence disca o número de sua mãe. Ela odeia esse instrumento que torna as pessoas tão próximas, tão longínquas, essa Cassandra cuja chamada estridente despedaça bruscamente os dias e através de quem se anunciam os dramas. Lá o timbre estremece no silêncio: parece que o apartamento está vazio. E, segundo a frase de Gilbert, Dominique deve estar. Alguém num apartamento vazio significa o quê? Um morto.

— Minha mãe teve um ataque. Um ataque, não sei qual... Dou um pulo até a casa dela.

Deve estar com a cara estranha; nem Lucien nem Mona respondem.

Ela corre; pega o carro e dirige o mais rápido possível; abandona o carro do lado interditado; sobe as escadas às pressas sem ter a paciência de esperar o elevador; dá três vezes dois toques. Silêncio. Ela deixa o dedo parado no botão.

— Quem é?
— Laurence.

A porta se abre. Mas Dominique está de costas; está com seu roupão azul. Ela entra no quarto cujas cortinas estão fechadas. Na penumbra percebe-se um vaso virado no chão, tulipas espalhadas, uma poça d'água no carpete. Dominique se joga numa *bergère:* como outro dia, a cabeça virada para trás, os olhos fixados no teto, prantos incham seu pescoço de cordas enrijecidas. A frente do roupão está rasgada, os botões arrancados:

— Ele me deu uma bofetada.

Laurence vai ao banheiro, abre o armário de farmácia.

— Você não tomou tranquilizante? Não? Então engula isso.

Dominique obedece. E ela fala com uma voz que não pertence a ninguém. Gilbert tocou às dez horas, ela pensou que fosse o porteiro, abriu. Patricia foi logo chorar nos braços de Gilbert, e Lucile gritava, ele fechou a porta com um pontapé, acariciava os cabelos de Patricia, com tanto carinho, com uma voz tranquilizadora, e aqui, no corredor, a insultou, lhe deu uma bofetada, a agarrou pela gola do roupão azul e a arrastou até o quarto. A voz de Dominique se apaga, ela soluça.

— Só me resta morrer.

O que aconteceu exatamente? Laurence está com a cabeça pegando fogo. Na confusão da cama desarrumada, do roupão rasgado, das flores esparramadas, ela vê Gilbert, com suas mãos grossas bem cuidadas, e aquela maldade no seu rosto um pouco gordo demais. Ele ousou? O que ia impedi-lo? O horror aperta-lhe a garganta, o horror do que aconteceu com Dominique durante esses poucos minutos, o que está acontecendo neste momento. Ah! Todas as imagens voaram em pedaços, e nunca mais será possível recosturá-las. Laurence queria tomar um tranquilizante ela também, mas não, precisa ficar totalmente lúcida.

— Que bruto! — diz ela. — São brutos.

— Quero morrer — murmura Dominique.

— Ora! Não fique aqui chorando, ele ia adorar isso — diz Laurence. — Passe água no rosto, tome um banho, se vista e vamos sair daqui.

Gilbert sabia que só havia uma maneira de atingir Dominique profundamente: humilhando-a. Ela sobreviverá? Como seria fácil se Laurence pudesse pegá-la nos braços, passar a mão nos seus cabelos, como faz com Catherine. O que a deixa com o coração partido é essa repulsão que se mistura à piedade: como se sentisse pena de um sapo ferido, sem decidir-se a tocar nele. Ela tem horror a Gilbert, e à mãe também.

— Neste exato momento, ele está contando tudo para Patricia e Lucile.

— Não está, não. Brutalizar uma mulher não é motivo para se vangloriar.

— Ele se vangloria disso: vai contar para todo mundo. Eu o conheço...

— Ele não poderia dar as suas razões. Você mesma me disse ontem: Gilbert não vai espalhar por aí que dormiu com a mãe de sua noiva!

— Que mulherzinha safada! Mostrou-lhe minha carta!

Laurence olha estupefata para a mãe:

— Mas, Dominique, eu lhe disse que ela mostraria!

— Eu não acreditava. Pensava que ficaria enojada e acabaria com ele. Era o que devia ter feito, em consideração à própria mãe: calar-se e terminar com ele. Mas ela quer o dinheiro do Gilbert.

Durante anos ela tratou as pessoas como obstáculos a serem derrubados e triunfou; acabou ignorando que os outros existem por conta própria, que não obedecem forçosamente aos seus planos. Obstinada nas suas histerias, nas suas comédias. Sempre a imitar alguém por falta de saber inventar condutas adaptadas às circunstâncias. É considerada uma mulher de caráter, segura de si, eficaz...

—Vista-se — repete Laurence. — Ponha óculos escuros, e levo você para almoçar em algum lugar, perto de Paris, onde estaremos certas de não encontrar ninguém.

— Não estou com fome.

— Vai ser bom você comer.

Dominique vai para o banheiro. O calmante fez efeito. Ela toma banho em silêncio. Laurence joga fora as flores, limpa o chão, telefona para o escritório. Ajuda a mãe a subir no carro. Dominique não fala nada. Os grandes óculos escuros acentuam a palidez de sua pele.

Laurence escolheu um restaurante todo de vidro, numa colina de onde se descortina uma extensa paisagem de subúrbio. Tem um banquete no fundo da sala. Um lugar caro, mas não elegante, que as relações de Dominique não frequentam. Elas escolhem uma mesa.

— Tenho que avisar a minha secretária que não vou hoje — diz Dominique.

Ela se afasta, os ombros um pouco curvados. Laurence sai para o terraço que domina o vale. Ao longe, a brancura do *Sacré-Coeur*, as ardósias dos telhados de Paris brilham debaixo do céu de um azul intenso. É um daqueles dias em que a alegria da primavera desponta debaixo da friagem de dezembro. Pássaros cantam nas árvores nuas. Na autoestrada, lá embaixo, carros deslizam, reluzentes. Laurence fica imóvel; o tempo de repente parou. Por trás dessa paisagem orquestrada, com as suas estradas, seus conjuntos, seus loteamentos, os carros apressados, algo transparece, cujo encontro a tal ponto comovente a faz esquecer as preocupações, as intrigas, tudo: ela não é mais senão uma espera sem começo nem fim. O pássaro canta, invisível, anunciando o longínquo renascer. Uma mancha cor-de-rosa arrasta-se no horizonte, e Laurence permanece por um longo momento paralisada por uma misteriosa emoção. Em seguida volta à realidade do terraço de um restaurante, está com frio, volta para a sua mesa.

Dominique senta-se ao lado dela. Laurence lhe dá o cardápio.

— Não tenho vontade de nada.

— Escolha alguma coisa mesmo assim.

— Escolha por mim.

A boca de Dominique está tremendo; parece estar exausta. Sua voz faz-se humilde:

— Laurence, não fale sobre isso com ninguém. Não quero que Marthe saiba. Nem Jean-Charles. Nem seu pai.

— Claro que não.

A garganta de Laurence está apertada. Sente um imenso carinho pela mãe de repente. Queria ajudá-la. Mas como?

— Se você soubesse o que ele me falou! É horrível. É um homem horrível.

Por trás dos óculos escuros, duas lágrimas escorrem.

— Não pense mais nisso. Proíba-se de pensar nisso.

— Não posso.

— Faça uma viagem. Arranje um amante. Vire a página.

Laurence pede uma omelete, linguado, vinho branco. Ela sabe que tem diante de si horas e horas de remoer. Está resignada. Mas vai ter que acabar deixando Dominique. E aí?

Dominique faz uma espécie de careta, dissimulada, maníaca.

— De qualquer forma, penso que estraguei um pouco a noite de núpcias deles — diz ela.

— Para os Dufrène, eu queria encontrar um objeto-choque — diz Jean-Charles.

— Terá que procurar no bairro de papai.

Jean-Charles tem um item orçamentário especial para presentes, gratificações, saídas, recepções, imprevistos, e o controla com a mesma preocupação de ordem e equilíbrio que os outros. Quando fizerem as compras hoje à tarde, as despesas já terão sido fixadas, com uma margem de mil francos. Trabalho delicado. Não parecer mesquinho nem esbanjar; e essa preocupação com medida não deve refletir-se no presente, apenas a de agradar ao seu destinatário. Laurence dá uma olhada nos números que seu marido inscreve.

— Cinco mil francos para Goya não é bastante.

— Ela está na casa há três meses só. Não vamos dar-lhe o mesmo que se tivesse trabalhado o ano inteiro.

Laurence fica quieta. Vai pegar dez mil francos da sua caixa pessoal; é prático ter uma profissão na qual se recebem gratificações sem o cônjuge saber. Evita discussões. Inútil indispor Jean-Charles: ele não vai gostar do boletim de Catherine. Mesmo assim ela tem que se decidir a mostrá-lo para ele.

— As crianças trouxeram ontem o boletim do trimestre.

Entrega-lhe o de Louise. Primeira, terceira, segunda. Jean-Charles o percorre com o olhar indiferente.

— O de Catherine é menos brilhante.

Ele olha, e seu rosto se fecha: décima segunda em francês, nona em latim, oitava em matemática, décima quinta em história, terceira em inglês.

— Décima segunda em francês! Era sempre a primeira! O que está acontecendo com ela?

— Não gosta do professor.

— E décima quinta em história, nona em latim!

Os comentários não ajudam em nada. "Capaz de melhores resultados. Fala durante as aulas. Distraída." Distraída: será que puxou a mim?

— Foi ver os professores dela?

— Vi o de história; Catherine parece estar cansada, estar na lua, ou, pelo contrário, fica agitada e abobalhada. Muitas vezes nessa idade as meninas atravessam uma crise, disse a professora; é a chegada da puberdade, não devemos nos preocupar demais com o fato.

— Parece-me uma crise séria. Ela não estuda e grita de noite.

— Gritou duas vezes.

— Duas vezes é demais. Chame-a, quero falar com ela.

— Não brigue com ela. As suas notas não são tão desastrosas.

— Você se contenta com pouco!

No quarto das crianças, Catherine ajuda Louise a fazer decalcomanias. Tem demonstrado uma gentileza enternecedora com a irmã, desde que a pequena chorou de ciúmes. Não tem jeito, pensa Laurence, Louise é bonita, é engraçada e sapeca, mas é de Catherine que mais gosto. Por que esse enfraquecimento no seu trabalho? Laurence tem uma opinião própria sobre isso, mas está decidida a ficar calada.

— Meu amor, papai quer falar com você. Está preocupado com o seu boletim.

Catherine segue-a em silêncio, abaixando um pouco a cabeça. Jean-Charles olha para ela com um ar severo:

— Vamos, Catherine: me conte o que está acontecendo. No ano passado, você estava sempre entre as três primeiras. Ele põe o boletim debaixo do nariz dela.

— Você não se esforça.

— Me esforço, sim.
— Décima segunda, décima quinta.
Ela se levanta em direção ao pai, surpresa.
— E qual é o problema?
— Não seja desaforada!
Laurence intervém, em voz alegre:
— Se você quer ser médica, vai ter que se esforçar muito.
— Pois eu vou me esforçar: estarei interessada — diz Catherine. — Agora, nunca me falam de coisas que me interessam.
— A história, a literatura, isso não lhe interessa? — diz Jean-Charles, a voz indignada.

Quando ele discute, antes quer estar com a razão do que compreender seu interlocutor, do contrário ele perguntaria: o que é que lhe interessa? Catherine não saberia responder, mas Laurence sabe: é esse mundo ao redor dela, esse mundo que escondem dela, mas que ela entrevê.

— É a sua amiga Brigitte que a distrai durante as aulas?
— Oh! Brigitte é uma excelente aluna. — A voz de Catherine se anima. — Ela tem notas ruins em francês, porque o professor é limitado, mas foi primeira em latim e terceira em história.
— Então você deveria imitá-la! Fico muito triste de ver que a minha filhinha está se tornando uma cábula.

Os olhos de Catherine se enchem de lágrimas, e Laurence passa a mão no cabelo dela.

—Vai trabalhar melhor no próximo trimestre. Agora ela vai aproveitar as férias, esquecer o colégio. Vá, meu amor, vá brincar com Louise.

Catherine sai da sala, e Jean-Charles comenta, zangado:
— Se você dá carinho a ela quando a repreendo, não adianta eu me preocupar com ela.
— É tao sensível.
— Sensível demais. O que está acontecendo com ela? Chora, faz perguntas que não são da sua idade e não se esforça mais.
—Você mesmo dizia que ela tem idade para fazer perguntas.
— Está bem. Mas essa regressão escolar é anormal. Me pergunto se é bom para ela ter uma amiga mais velha e judia, ainda por cima.
— O quê?
— Não me tome por um antissemita. Mas é sabido que as crianças judias são de uma precocidade um pouco inquietante e de uma emotividade excessiva.

— São histórias; não acredito nisso nem um pouco. Brigitte é precoce porque sem mãe tem que se virar sozinha e porque tem um irmão maior com quem é muito íntima. Acho que ela tem uma excelente influência sobre Catherine; a menina amadurece, reflete, se enriquece. Você dá demasiada importância aos sucessos escolares.

— Quero que a minha filha seja uma pessoa bem-sucedida na vida. Por que você não a leva a um psicólogo?

— Essa não! Se a cada vez que uma criança perde alguns lugares na escola fosse motivo para consultar um psicólogo!

— Perde lugares na escola e grita enquanto dorme. Por que não? Por que em caso de distúrbios afetivos nos recusamos a ver um especialista se você leva as suas filhas no médico assim que tossem?

— Não gosto nada dessa ideia.

— É clássico. Espontaneamente os pais têm ciúmes dos psicólogos que tratam dos seus filhos. Mas somos bastante inteligentes para ultrapassarmos essa atitude. Você é engraçada. É moderna em alguns aspectos, em outros, francamente retrógrada.

— Retrógrada ou não, acho Catherine muito bem como está; não quero que a estraguem.

— Um psicólogo não vai estragá-la. Simplesmente vai tentar descobrir o que não está funcionando.

— Funcionar: o que isso significa? No meu entender, não está funcionando com as pessoas que você julga normais. Se Catherine se interessa por outras coisas além dos seus programas, não significa que a sua mente está perturbada.

Laurence falou num tom violento que ela própria estranhou. Seguir seu caminhozinho, sem mexer um fio, proibido olhar para a direita ou para a esquerda, tem idade para tudo, se sentir cólera engula um copo d'água e faça movimentos de ginástica. Me dei bem, me dei à perfeição; mas não vão me obrigar a criar Catherine do mesmo modo. Ela diz com força:

— Não vou impedir Catherine de ler os livros que são do seu agrado nem de ver os colegas de quem ela gosta.

— Reconheça que ela perdeu muito do seu equilíbrio. Desta vez o seu pai estava certo: a informação é magnífica mas perigosa para as crianças. Devemos tomar precauções e talvez subtraí-la a certas influências. É inútil que ela descubra logo as tristezas da vida. Cada coisa a seu tempo.

—Você acha? Nunca estará na hora, nunca está na hora — diz Laurence. — Mona está certa quando diz que não entendemos nada. Todos os dias lemos nos jornais coisas horrorosas e continuamos ignorando-as.

— Ah! Não me venha outra vez com uma crise de consciência como em 1962 — diz Jean-Charles secamente.

Laurence está ficando pálida: é como se lhe tivesse dado uma bofetada. Tremia, estava fora de si no dia em que lera a história daquela mulher torturada até a morte. Jean-Charles a segurou no colo, ela se abandonou nos seus braços inteiramente, e ele dizia: "É horrível." Acreditou que ele também estivesse emocionado. Por causa dele se acalmou, fez um esforço para afastar essa lembrança, quase conseguiu. Por causa dele em suma evitou desde então ler os jornais. Na verdade ele pouco se importava com esse assunto, dizia: "É horrível" só para acalmá-la, e agora jogava-lhe na cara o incidente com uma espécie de rabugice. Que traição! Tão seguro do seu direito; furioso quando mexemos na imagem que ele tem de nós, menina, jovem mulher exemplares, não ligando a mínima para o que somos de verdade.

— Não quero que Catherine herde sua boa consciência.

Jean-Charles bate na mesa; nunca suportou ser contrariado.

— É você que a perturba com os seus escrúpulos, a sua pieguice.

— Eu? Pieguice?

Está sinceramente admirada. Já teve sim, mas Dominique e depois Jean-Charles a sufocaram. Mona reclama da sua indiferença, e Lucien, da sua falta de coração.

— Sim, outro dia ainda, com aquele ciclista...

— Vá embora — diz Laurence —, ou sou eu que me vou embora.

— Sou eu: tenho que passar na casa Monnod. Mas você devia ver um psiquiatra para si própria — diz Jean-Charles enquanto se levanta.

Ela se fecha no quarto. Beber um copo d'água, fazer ginástica; não. Desta vez ela se entrega à cólera; um furacão se desencadeia no seu peito, sacode todas as células, é uma dor física, mas a gente se sente viver. Ela se revê, sentada na beira da cama, escuta a voz de Jean-Charles: "Não acho isso nem um pouco inteligente; só temos um seguro contra terceiros... Todos teriam testemunhado a seu favor." E ela percebe num piscar de olhos que ele não estava brincando. Reclamava, ainda reclama de eu não ter economizado oitocentos mil francos, correndo o risco de matar um homem. A porta de entrada se fechou, ele já foi. Teria ele corrido este risco? De qualquer maneira ele tem raiva de eu não tê-lo corrido.

Ela fica sentada durante muito tempo, o sangue na cabeça, a nuca pesada; queria chorar: há quanto tempo ela desaprendeu?

Um disco está tocando no quarto das crianças: velhas músicas inglesas; Louise faz decalcomanias; Catherine lê as *Lettres de mon Moulin* e levanta a cabeça:

— Mãe, papai estava muito zangado?

— Ele não entende por que você não trabalha tão bem quanto antes.

— Você também está zangada.

— Não estou. Mas eu queria que você fizesse um esforço.

— Papai se zanga muito ultimamente.

É verdade que houve a briga com Vergne, e depois o acidente: se aborreceu quando as meninas quiseram que ele contasse para elas. Catherine notou o seu mau humor; ela sente obscuramente a infelicidade de Dominique, a ansiedade de Laurence. Será a razão dos seus pesadelos? Na verdade gritou três vezes.

— Ele tem preocupações. Temos que substituir o carro, custa caro.

E ele está satisfeito com o seu novo trabalho, mas teve muitos problemas.

— É muito triste ser adulto — diz Catherine em tom convicto.

— Não é não. Temos grandes felicidades, por exemplo, ter umas filhinhas tão boas como vocês.

— Papai não me acha tão boa assim.

— Claro que sim! Se ele não gostasse tanto de você, não se importaria com as suas notas ruins.

— Você acha?

— Eu acho.

Será que Jean-Charles tem razão? Será parecida comigo quanto a esse temperamento inquieto? É terrível pensar que marcamos nossos filhos só pelo que somos. Ponta de fogo através do coração. Ansiedade, remorsos. Os humores cotidianos, as casualidades de uma palavra, de um silêncio, todas essas contingências que deveriam apagar-se atrás de mim ficam inscritas nessa criança que rumina e guardará na memória, como eu guardei na memória as inflexões de voz de Dominique. Parece injusto. Não podemos assumir a responsabilidade de tudo o que fazemos — ou não fazemos. "O que está fazendo por eles?" Essas contas exigidas de repente em um mundo onde nada conta tanto. É como um abuso.

— Mãe — pergunta Louise —, você vai levar a gente para ver o presépio?

—Vou; amanhã ou depois de amanhã.

— Poderemos ir à missa do galo? Pierrot e Riquet dizem que é tão bonito, com música e luzes.

—Vamos ver.

Tantas fábulas fáceis para tranquilizar as crianças: os paraísos de Fra Angelico; os maravilhosos amanhãs; a solidariedade, a caridade, a ajuda aos países subdesenvolvidos. Recuso algumas, aceito mais ou menos outras.

Toca a campainha: um buquê de rosas vermelhas, com o cartão de Jean-Charles: "Carinhosamente." Ela tira os grampos e o papel glacê. Ela tem vontade de jogar o buquê na lata de lixo. Um buquê é sempre mais do que flores: é amizade, esperança, gratidão, alegria. Rosas vermelhas: amor ardente. Justamente não. Nem um sincero remorso, ela tem certeza disso; simples deferência às convenções conjugais. Nenhum desentendimento durante as festas de fim de ano. Ela arruma as rosas num vaso de cristal. Não é um voluptuoso chamejar de paixão; mas elas são bonitas, e se as carregaram de uma mensagem enganosa, elas não têm culpa.

Laurence toca levemente com os lábios as pétalas perfumadas. Lá no fundo, o que penso de Jean-Charles? O que ele pensa de mim? Ela tem a impressão de que não tem nenhuma importância. De qualquer maneira, estamos ligados para o resto da vida. Por que Jean-Charles e não outro? É assim. (Uma outra jovem mulher, centenas de jovens mulheres neste minuto se perguntam: por que ele e não outro?) Qualquer coisa que ele fizer, ou disser, qualquer coisa que ela disser ou fizer, não terá sanção. Inútil inclusive se zangar. Nenhum recurso.

Assim que escutou a chave virar na fechadura, ela correu à frente dele, agradeceu, se abraçaram. Estava radiante porque Monnod lhe confiara um projeto de moradias pré-fabricadas nos arredores de Paris: um negócio seguro e que dará muito dinheiro. Ele almoçou rapidamente (ela falou que comera com as crianças, não conseguira engolir nada), e saíram de táxi para comprar os presentes. Estão caminhando na rua do *faubourg* Saint-Honoré, faz um lindo frio seco. As vitrines estão iluminadas, a rua e as lojas estão enfeitadas com árvores de Natal; homens e mulheres se apressam ou passeiam, com embrulhos na mão, sorrisos nos lábios. Dizem que são as pessoas solitárias que não gostam das festas. Mesmo sendo muito rodeada, eu também não gosto. Os pinheiros, os embrulhos, os sorrisos a deixam com mal-estar.

— Quero lhe dar um lindo presente — diz Jean-Charles.

— Não faça loucura. Tem o carro para substituir...

— Não fale nisso. Estou com vontade de fazer uma loucura desde hoje de manhã, tenho condições para isso.

Lentamente desfilam as vitrines. Echarpes, clipes, pulseiras, joias para milionários — gargantilhas de brilhantes com pingentes de rubis, cordão de pérolas negras, safiras, esmeraldas, braceletes de ouro e pedras preciosas —, fantasias mais modestas, pedras do Tirol, jade, pedras do Reno, bolas de vidro onde fitas brilhosas dançam ao sabor da luz, espelho no coração de um sol de palha dourada, garrafas de vidro soprado, vasos de cristal espesso para uma rosa só, potes de opalina branca ou azul, frascos de porcelana, de laca da China, estojos de pó de arroz em ouro, outros incrustados de pedras preciosas; perfumes, loções, atomizadores, coletes de plumas de pássaros, caxemiras, pulôver claro de lã e pele de camelo, frescor borbulhante das roupas íntimas, a fofura, a penugem dos robes em tons pastéis, o luxo dos paetês, dos cloquês, dos brocados, dos gofrados, finas malhas de lã salpicadas de fios metálicos, o vermelho surdo da vitrine da casa Hermès, o contraste entre couros e peles que valoriza cada matéria pela outra, nuvens de cisne, rendas espumantes. E todos os olhos brilham de inveja, tanto os dos homens como os das mulheres.

Eu tinha esses olhos brilhando, adorava entrar nas butiques, acariciar com o olhar a abundância dos tecidos, passear por esses vales sedosos, esmaltados de flores fantásticas; nas minhas mãos corria a ternura da lã de cabra e do angorá, o frescor dos brins, a graça da cambraia, a inebriante tepidez dos veludos. Era porque gostava desses paraísos, ao chão coberto de luxuosas fazendas, com árvores carregadas de carbúnculos que ela soube logo falar neles. E agora é vítima dos *slogans* que ela fabricou. Deformação profissional: assim que me atrai um ambiente, um objeto, pergunto-me a que motivação estou obedecendo. Ela fareja o artifício, a mistificação, e todos esses refinamentos a aborrecem e com o tempo a irritam. Acabarei por me desprender de tudo... No entanto, ela está parada olhando um casaco de camurça de uma cor impossível de definir: cor de neblina, cor do tempo, cor dos vestidos de *Peau d'Ane*.

— Que beleza!

— Compre. Mas não é o meu presente. Quero te oferecer algo inútil.

— Não, não quero comprá-lo.

A vontade já passou; esse casaco não teria mais o mesmo aveludado, separado do casaco três-quartos cor de folhas secas, dos mantôs de couro liso, das echarpes brilhosas que o enquadram na vitrine; é a vitrine inteira que cobiçamos através dos objetos ali expostos.

Ela aponta para uma loja de máquinas fotográficas:

— Vamos entrando. É o que mais vai agradar a Catherine.

— Claro, não se trata de privá-la de ganhar presentes — diz Jean-Charles, com um ar preocupado. — Mas realmente temos que tomar medidas.

— Prometo que vou pensar nisso.

Compram uma máquina de manuseio fácil. Um sinalzinho verde indica que a luz está boa; quando está ruim, o sinal é vermelho; impossível errar. Catherine vai ficar feliz. Mas é outra coisa que eu queria dar para ela: a segurança, a alegria, o prazer de estar viva. Tudo aquilo que eu pretendo vender quando lanço um produto. Mentira. Nas vitrines, os objetos conservam ainda a aura que as rodeava na imagem em papel glacê. Mas quando estão na nossa mão, não vemos nada mais além de uma lâmpada, um guarda-chuva, uma máquina fotográfica. Inerte, frio.

Na casa Manon Lescaut, há muita gente: mulheres, alguns homens, casais. Estes são recém-casados: se olham com amor enquanto ele ajusta uma pulseira no punho de sua mulher. Os olhos brilhando, Jean-Charles fecha um colar no pescoço de Laurence: "Gosta deste?" Um lindo colar, cintilante e sóbrio, mas luxuoso demais, caro demais. Ela se fecha. Jean-Charles não me ofereceria esse colar se não fosse a briga de hoje de manhã. É uma compensação, um símbolo, um substituto. De quê? De algo que não existe mais, que talvez nunca existiu: um laço íntimo e quente que tornaria todos os presentes inúteis.

— Fica muito bem em você! — diz Jean-Charles.

Será que ele não sente entre nós o peso das coisas não ditas? Não do silêncio, mas das frases vãs; será que não sente a distância, a ausência, debaixo da cortesia dos rituais?

Ela tira a joia com uma espécie de raiva, como se tivesse se livrando de uma mentira.

— Não! Não tenho vontade dele.

— Você acaba de dizer que era este que preferia.

— Sim. — E com um sorriso fraco. — Mas não é razoável.

— Isso sou eu que decido — diz ele em tom aborrecido. — Mas se você não gosta dele, não compramos.

Ela pega o colar outra vez: para que contrariá-lo? Melhor acabar logo com isso.

— Acho-o maravilhoso, sim. Só que pensava que era uma loucura. Mas, afinal de contas, o problema é seu.

— O problema é meu.

Ela abaixa um pouco a cabeça para que ele possa prender outra vez o colar: perfeita imagem do casal que se adora ainda depois de dez anos de casamento. Ele compra a paz conjugal, as alegrias do lar, o entendimento, o amor; e o orgulho de si. Ela se contempla no espelho.

— Meu amor, você teve razão de insistir: estou feliz da vida.

Tradicionalmente, o *réveillon* da São Silvestre tem lugar na casa de Marthe: "É o privilégio da dona de casa, tenho todo o meu tempo", diz ela, complacente. Hubert e Jean-Charles dividem as despesas; muitas vezes, há problemas porque Hubert é pão-duro (pois ele não nada em dinheiro) e Jean-Charles não quer pagar mais do que o seu cunhado. No ano anterior, o jantar fora um tanto pobre. Esta noite, está regular, conclui Laurence, depois de examinar o bufê montado no fundo da sala que Marthe "natalizou" com velas, uma arvorezinha, visco, azevinho, festões, bolas brilhosas. O pai delas trouxe quatro garrafas de champanha, que ele ganhou de um amigo, e Dominique, um enorme *foie gras* do Périgord "muito melhor do que o de Strasburgo, o melhor *foie gras* de toda a França". Com o guisado de boi, a salada de arroz, os petiscos, as frutas, os biscoitinhos, as garrafas de vinho e de uísque, tem bebida e comida de sobra para dez pessoas.

Nos anos anteriores, Dominique passava as festas de fim de ano com Gilbert. Foi Laurence que teve a ideia de convidá-la esta noite. Ela perguntou ao pai:

— Você ficaria muito aborrecido? Ela está tão só, tão infeliz.

— Não me importa nem um pouco.

Ninguém conhece os detalhes, mas todos estão a par da ruptura. Há os Dufrène, trazidos por Jean-Charles, Henri e Thérèse Vuillenot, que são amigos de Hubert. Dominique faz muito "festa de família"; vestiu-se em "jovem avó", com um vestido de jérsei sóbrio, cor de mel; seus cabelos estão mais brancos do que loiros. Sorri com doçura, quase com timidez, fala muito lentamente; faz abuso de tranquilizantes, por isso está com esse ar apático. Assim que fica sozinha, o seu rosto cai. Laurence se aproxima dela.

— Como passou esta semana?

— Mais ou menos; dormi bastante bem.

— Sorriso mecânico: parece que ela puxa as comissuras dos lábios com duas cordinhas; ela larga as cordinhas.

— Decidi vender a casa de Feuverolles. Não posso manter um troço desse tamanho sozinha.

— É uma pena. Se pudéssemos encontrar um meio de resolver isso...

— Para quê? Quem você quer que eu receba lá agora? As pessoas interessantes, Houdan, os Thiriot, os Verdelet, vinham por causa do Gilbert.

— Oh! Eles viriam para você.

— Você acha? Ainda não conhece a vida. Socialmente uma mulher não é ninguém sem um homem.

— Você não, ora. Tem um nome. É alguém.

Dominique mexe a cabeça.

— Mesmo com um nome, uma mulher sem homem é uma semifracassada, uma espécie de destroço... Eu vejo como as pessoas me olham: acredite, não é mais como antes.

Em Dominique, a solidão é uma obsessão.

Um disco toca, Thérèse dança com Hubert, Marthe com Vuillenot, Jean-Charles com Gisèle, e Dufrène convida Laurence. Todos dançam muito mal.

— Você está estonteante esta noite — diz Dufrène.

Ela se vê de longe num espelho. Veste um tubinho preto e aquele colar de que não gosta. É bonito, e foi também para lhe dar prazer que Jean-Charles lhe deu. Ela se acha comum. Dufrène já bebeu um pouco, a sua voz está mais solícita do que de costume. Um rapaz gentil, um bom colega para Jean-Charles (apesar de que, no fundo, não se gostem tanto assim, teriam até um pouco de ciúmes um do outro), mas ela não sente por ele nenhuma simpatia especial.

Trocam os discos, trocam de cavalheiro.

— Senhora, aceitará dançar comigo?

— Com prazer.

— É engraçado revê-los juntos! — diz Jean-Charles.

Laurence segue o olhar dele; vê seu pai e Dominique sentados frente a frente conversando amavelmente. Sim, é engraçado.

— Ela parece estar refeita — diz Jean-Charles.

— Ela se empanturra de tranquilizantes, de descontrariantes e harmonizadores.

— Na verdade, deveriam voltar a viver juntos — diz Jean-Charles.

— Quem?

— Seu pai e sua mãe.

—Você está louco!

— Por quê?

— Eles têm gostos completamente opostos. Ela é uma mundana, e ele, um solitário.

— Os dois estão solitários.

— Não tem nada a ver.

Marthe para o disco.

— Cinco para meia-noite!

Hubert pega uma garrafa de champanha.

— Conheço um excelente truque para abrir a champanha. Foi vendido outro dia na bolsa das ideias.

— Eu vi — diz Dufrène. — Eu tenho um meu que funciona ainda melhor.

— Pronto...

Cada um saca uma rolha, sem derramar uma gota, e os dois parecem estar muito orgulhosos (mesmo se para cada um tivesse sido melhor o outro não se sair bem). Enchem os copos.

— Feliz Ano-Novo!

— Feliz Ano-Novo!

Os copos se chocam, beijos, risos e debaixo das janelas explode o concerto das buzinas.

— Que barulho horrível! — diz Laurence.

— Concederam-lhes cinco minutos, como a crianças que precisam obrigatoriamente fazer farra entre duas aulas — diz o pai. — E trata-se de adultos civilizados.

— Ora, essa! Têm que festejar o momento — diz Hubert.

Abrem as duas outras garrafas, alguém vai buscar os embrulhos empilhados atrás de um sofá, soltam os barbantes dourados, desatam as fitas, desdobram os papéis de cores brilhantes, impressos com estrelas e pinheiros, vigiando-se uns aos outros de lado, para saber quem ganha nesse *potlatch*. Somos nós, constata Laurence. Para Dufrène encontraram um relógio que mostra as horas na França e em todos os países do mundo; para seu pai, um lindo telefone, réplica de um antigo, que vai combinar muito bem com as lâmpadas a petróleo. Os outros presentes são menos originais, mas refinados. Dufrène procurou do lado dos insólitos. Ofereceu a Jean-Charles um *venusik* — coração perpétuo que emite setenta *glop* por minuto —, e a Laurence um *tranxinol* que ela não ousará nunca fixar ao volante do seu carro se ele imitar realmente o canto do rouxinol. Jean-Charles está satisfeito: os objetos que não servem para nada, os objetos que não contam nada, são o seu *hobby*. Ela recebeu também luvas, perfumes, lencinhos, e cada um se extasia, se exclama, agradece.

— Peguem um prato, talheres, sirvam-se, estejam à vontade — diz Marthe.

Rebuliço, barulho de louça, é delicioso, sirvam-se mais. Laurence escuta a voz do seu pai.

— Você não sabia disso? Tem que colocar o vinho na temperatura ambiente só depois de aberta a garrafa, não antes.

— É notável.

— Foi Jean-Charles que o escolheu.

— Sim, conheço um pequeno comerciante muito bom.

Jean-Charles pode achar excelente um vinho que apresenta um pronunciado gosto de cortiça, mas ele dá uma de conhecedor, como os outros. Ela esvazia uma taça de champanha. Riem, dizem gracejos, e ela não acha espirituosos os seus gracejos. Ano passado... Bem! Tampouco se divertira, mas fingira; este ano, ela não está com vontade de fazer força; com o tempo, isso cansa. E ano passado, ela pensava em Lucien: uma espécie de álibi. Ela pensava que havia alguém com quem ela teria gostado de estar; a saudade era uma chamazinha romântica que a confortava. Nem saudade mais. Por que havia decidido dar um tempo na sua vida, poupar o seu tempo, suas forças, seu coração? Vida preenchida demais? Vazia demais? Cheia de coisas vazias, que confusão!

— No entanto, examinem o perfil de várias vidas de capricórnio, de várias vidas de gêmeos: no meio de cada grupo existem impressionantes analogias — diz Vuillenot.

— Cientificamente, não está excluído que os astros influenciam nosso destino — diz Dufrène.

— Ora vejam! A verdade é que esta época é tão insossa de positivismo que em compensação as pessoas precisam do maravilhoso. Constroem máquinas eletrônicas e leem os planetas.

A veemência de seu pai agrada a Laurence; ficou tão jovem, o mais jovem de todos.

— É verdade — diz Marthe. — Eu prefiro ler o Evangelho e acreditar nos mistérios da religião.

— Até na religião o senso do mistério se perde — diz a sra.Vuillenot. Eu acho aflitivo celebrarem a missa em francês, e além do mais com música moderna.

— Ah! Não concordo — diz Marthe, com a sua voz inspirada. — A Igreja deve viver conforme o seu tempo.

— Até certo ponto.

Elas se afastam e prosseguem em voz baixa uma discussão que ouvidos ímpios não devem escutar.

Gisèle Dufrène pergunta:

— Vocês viram ontem na televisão a retrospectiva?

— Sim — diz Laurence. — Parece que vivemos um ano esquisito: não me havia dado conta disso.

— Todos são assim e nunca nos damos conta disso — diz Dufrène.

Vemos o informativo, as fotos da *Paris-Match*, e vamos esquecendo. Quando reencontramos tudo junto, estranhamos um pouco. Cadáveres ensanguentados de braços, de negros, ônibus virados em precipícios, 25 crianças mortas, outras cortadas em dois, incêndios, carcaças de aviões fracassados, 110 passageiros mortos na hora, furacões, inundações, países inteiros devastados, aldeias em chamas, motins raciais, guerras locais, desfiles de refugiados espantados. Era tão lúgubre que no fim dava quase vontade de rir. É preciso dizer que assistimos a todas essas catástrofes confortavelmente instalados num ambiente familiar, e não é verdade que o mundo ali se introduza: só percebemos imagens, impecavelmente emolduradas na tela e que não têm o seu peso de realidade.

— Me pergunto o que pensaremos dentro de vinte anos sobre o filme a respeito da França dentro de vinte anos — diz Laurence.

— Por certos aspectos, será engraçado como todas as antecipações — diz Jean-Charles. — Mas no geral, é verdade.

Em contraste com esses desastres, foi mostrada a França daqui a vinte anos. Triunfo do urbanismo: por toda parte cidades radiantes parecidas, em 120 metros de altura, com colmeias, formigueiros, mas resplandecentes de sol. Autoestradas, laboratórios, faculdades. O único inconveniente, explicou o comentarista, é que os franceses, sufocados debaixo do peso de tanta abundância, arriscam perder toda a energia. Mostraram em câmara lenta jovens indolentes que nem se davam ao trabalho de pôr um pé na frente do outro. Laurence escuta a voz do seu pai.

— Em geral se percebe, passados cinco anos ou mesmo um ano, que os planificadores e outros profetas haviam-se enganado completamente.

Jean-Charles olha para ele com um ar de superioridade um pouco cansada.

— O senhor provavelmente não sabe que hoje em dia a previsão do futuro está se tornando uma ciência exata? Nunca ouviu falar na Rand Corporation?

— Não.

— É um organismo americano dotado de meios extraordinários. Interrogam especialistas de cada disciplina e fazem um cálculo de médias. Milhares de cientistas, no mundo inteiro, participam desse trabalho.

Laurence está irritada com seu ar de superioridade.

— De qualquer maneira, quando nos dizem que não faltará nada aos franceses... Inútil consultar milhares de especialistas para saber que dentro de vinte anos a maioria não terá banheiro completo, já que em quase todos os conjuntos habitacionais instalam apenas lavatórios.

Ela ficou escandalizada com esse detalhe, quando Jean-Charles lhe expôs o seu projeto de habitações pré-fabricadas.

— Por que não banheiros? — pergunta Thérèse Vuillenot.

— As encanações custam muito caro, isso elevaria o preço das habitações — diz Jean-Charles.

— E se diminuíssem os lucros?

— Mas, querida, se diminuí-los demais, ninguém mais ficaria interessado em construir — diz Vuillenot.

Sua esposa olha para ele com amabilidade. Quatro jovens casais: e quem ama quem? Por que se amaria Hubert, ou Dufrène, por que se amaria quem quer que seja, uma vez apagada a primeira paixão sexual?

Laurence esvazia duas taças de champanha. Dufrène explica que, nos assuntos de terreno, é difícil estabelecer uma fronteira entre a fraude e a especulação: somos impelidos para a ilegalidade.

— Mas é muito inquietante o que você está falando — diz Hubert. — Parece realmente estar consternado.

Laurence troca com o pai um sorriso cúmplice.

— Não posso acreditar — diz ele. — Querendo conservar a honestidade, existe certamente um meio.

— A menos que se exerça uma outra profissão.

Marthe colocou outro disco; dançam de novo; Laurence tenta ensinar o *jerk* para Hubert, ele faz força, perde o fôlego, os outros olham para ele zombando; ela interrompe bruscamente a lição e se aproxima do pai, que está conversando com os Dufrène.

— "Fora de moda", você só tem essas palavras na boca. O romance clássico está fora de moda. O humanismo está fora de moda. Mas quando defendo Balzac e o humanismo, talvez eu esteja seguindo a moda de amanhã. Agora vocês cospem em cima do abstrato. Portanto, eu estava adiantada sobre vocês há dez anos quando o recusava. Não. Existe outra coisa além das modas: existem valores, verdades.

Muitas vezes ela pensou o que ele está falando; bem, não o pensava com as mesmas palavras, mas agora que foram pronunciadas as reconhece como sendo suas. Valores, verdades que resistem às modas, ela acredita nisso. Mas quais são mesmo?

O abstrato não se vende mais, mas o figurativo também não, crise da pintura, o que se há de fazer, houve uma inflação tamanha! Falações. Laurence se chateia. Estou com vontade de propor-lhes um teste, pensa ela. Você possui um seguro contra terceiros, um ciclista se joga debaixo das suas rodas; você mata o ciclista ou arrebenta o carro? Quem escolheria sinceramente pagar oitocentos mil francos para salvar a vida de um desconhecido? Papai, evidentemente. Marthe? Tenho minhas dúvidas; de qualquer modo, ela é apenas um instrumento nas mãos de Deus: se ele decidiu levar para perto de si esse pobre rapaz... Os outros? Se tivessem o reflexo de evitar o homem, tenho certeza de que depois ficariam sentidos. "Jean-Charles não estava brincando." Quantas vezes ela se repetiu essa frase durante aquela semana? Ainda a repete. Sou eu a anormal? Uma ansiosa, uma angustiada; o que tenho que eles não têm? Não me importo nem um pouco com esse ruivo e acharia revoltante tê-lo atropelado. É a influência de papai. Para ele nada equivale a uma vida humana, mesmo se ele julga os homens fracassados. E o dinheiro não conta para ele. Para mim, conta; menos, porém, do que para eles todos. Presta atenção porque é o seu pai que está falando; esta noite, está muito menos taciturno que os anos passados.

— O complexo de castração! Isso não explica mais nada de tanto explicar tudo. Imagino um psiquiatra vindo assistir um condenado à morte na manhã do dia da execução e encontrando-o em prantos: que complexo de castração! — diria ele.

Riem, voltam às suas conversas.

— Está buscando uma ideia? Para que novo produto?

O pai sorri para Laurence.

— Não, estava sonhando. As suas histórias de dinheiro me chateiam.

— Entendo você. Eles acreditam sinceramente que é o dinheiro que traz a felicidade.

— Olha que ajuda.

— Não estou nem certo disso. — Ele senta-se ao lado dela. — Não a vejo mais.

— Cuidei muito de Dominique.

— É menos veemente que antigamente.

— É a depressão.

— E você?

— Eu?

— Como vai?

— O período das festas de fim de ano é cansativo. Daqui a pouco vai ser a exposição de roupa de cama e mesa.

— Sabe o que eu pensei: deveríamos fazer uma viagenzinha juntos.

— Juntos?

Antigo sonho nunca realizado; antes era jovem demais, depois vieram Jean-Charles e as crianças.

— Tenho férias em fevereiro e queria aproveitar para rever a Grécia. Você não pode se liberar para vir comigo?

A alegria como um fogo de artifício. Fácil, em fevereiro, conseguir 15 dias de férias, e tenho dinheiro na minha conta. Quando é que acontece de um sonho se realizar?

— Se as crianças estiverem bem, se estiver tudo bem, talvez eu possa dar um jeito. Mas me parece bom demais…

— Você vai tentar!

— Claro. Vou tentar.

Quinze dias. Enfim terei tempo de fazer as perguntas, obter as respostas no ar há tantos anos… Conhecerei o gosto de sua vida. Perceberei o segredo que o torna tão diferente de todos e de mim mesma, capaz de suscitar esse amor que só sinto por ele.

— Vou fazer tudo para que dê certo. Mas você não vai mudar de ideia?

— Cruz de pau, cruz de ferro, se eu mentir, vou pro inferno — disse ele em tom solene, como quando ela era criança.

Capítulo IV

Lembro-me de um filme de Buñuel; ninguém dentre nós havia gostado dele. No entanto, desde algum tempo esse filme me persegue. Fechadas dentro de um círculo mágico, as pessoas repetiam por acaso um momento do seu passado; reatavam o fio da meada e evitavam a armadilha na qual, sem saber, haviam caído. (É verdade que pouco depois tornavam a cair outra vez.) Eu também queria voltar atrás, enganar as emboscadas, ter sucesso onde fracassei. Onde fracassei? Nem sei. Não tenho palavras para me queixar ou ficar sentida. Mas esse nó na garganta me impede de comer.

Vamos recomeçar. Tenho todo o tempo. Puxei as cortinas. Deitada, os olhos fechados, recapitularei essa viagem imagem por imagem, palavra por palavra.

Aquela explosão de alegria quando ele me perguntou: "Você quer ir à Grécia comigo?" Apesar de tudo, eu vacilava. Jean-Charles me encorajou. Me achava deprimida. E acabei aceitando que Catherine visse uma psicóloga: ele pensava que a minha ausência facilitaria as relações entre as duas.

"Ir a Atenas em caravela, francamente, é uma pena", dizia papai. Eu gosto de jatos. O avião aponta brutalmente em direção aos céus, o escuto furar as paredes de minha prisão: minha vida estreita rodeada por milhões de outras, sobre as quais ignoro tudo. Os grandes conjuntos e as pequenas casas se apagam, sobrevoo todas as cercas, livre da gravidade; acima de minha cabeça estende-se o espaço infinitamente azul, debaixo dos meus pés desenrolam-se brancas paisagens que me ofuscam e não existem. Estou em outro lugar: em nenhum lugar e por toda parte. E meu pai começou a falar do que ia me mostrar, do que descobriríamos juntos. E eu pensava: "É você que eu quero descobrir."

Aterrissagem. Amenidade do ar, cheiro de gasolina, mesclado ao cheiro do mar e dos pinheiros; o céu puro, as colinas ao longe, uma delas chamando-se *Hymette* — abelhas colhendo o pólen numa terra violeta —, e papai traduzia as inscrições no frontispício dos edifícios: entrada, saída, correios. Eu gostava de experimentar outra vez, diante desse alfabeto, o mistério infantil da linguagem e que, como antigamente, o sentido das palavras e das coisas viesse a mim através dele. "Não olhe", dizia ele na autoestrada. (Um pouco decepcionado que tenham substituído a velha estrada esburacada da sua juventude.) "Não olhe: a beleza de um templo está ligada ao sítio; tem que vê-lo a uma determinada distância, não qualquer uma, para apreciar a sua harmonia. Não é como as catedrais, que são tão emocionantes — e às vezes até mais — de longe quanto de perto." Essas precauções me enterneciam. E de fato, empoleirado na sua colina, o Partenon se parecia com aquelas reproduções em falso alabastro que vendiam nas lojas para turistas. Nenhuma estética. Mas não me importava. O que contava era estar ao lado de papai no DS cor de laranja e cinza — os táxis gregos têm estranhas cores de sorvete de cassis, de gelado de limão — com vinte dias na nossa frente. Entrava num quarto de hotel, guardava as minhas roupas sem ter a impressão de desempenhar o papel de turista num filme publicitário: tudo o que me acontecia era de verdade. Na praça que parecia um imenso terraço de café, papai encomendou para mim uma bebida com cereja, refrescante, leve, azedinha, deliciosamente pueril. E eu soube o que significava essa palavra que se lê nos livros: felicidade. Havia conhecido alegrias, prazeres, o prazer, pequenos triunfos, ternura; mas esse acordo de um céu azul e um gosto de frutas, com o passado e o presente reunidos num rosto querido, e aquela paz dentro de mim, não o conhecia — exceto através de lembranças muito antigas. A felicidade: como uma razão que a vida dá a si mesma. Ela me envolvia enquanto estávamos comendo carneiro grelhado numa adega. Víamos o muro da Acrópole banhado numa luz cor de laranja, e papai dizia que era um sacrilégio; para mim, tudo era bonito. Gostei do sabor farmacêutico do vinho resinado. "Você é a companheira de viagem ideal", dizia papai, sorrindo. No dia seguinte ele sorria na Acrópole porque o escutava com zelo enquanto explicava: o cimácio, a cornija, os mútulos, as gotas, o ábaco, o fuste, o colarinho de um capitel; chamava minha atenção sobre a leve inflexão das colunas verticais, o seu contorno, o sutil refinamento das proporções. Estava um pouco frio, o vento soprava debaixo de um céu límpido. Eu via ao longe as colinas, o mar, secas casinhas cor de pão de rala, e a voz de papai escorria sobre mim. Me sentia bem.

"Muitas coisas podemos censurar no Ocidente", dizia ele. "Cometemos muitos erros. Mas mesmo assim o homem aqui se realizou e se expressou de uma maneira sem igual."

Alugamos um carro; visitávamos os arredores e todos os dias antes do pôr do sol subíamos à Acrópole.

Papai se recusava a ir até a cidade moderna: "Não tem nada para ver", me dizia. À noite ele me levava, seguindo o conselho de um velho amigo, a um pequeno bistrô "típico": uma gruta, à beira-mar, decorada com redes de pesca, conchas, lâmpadas. "É mais engraçado que os grandes restaurantes prezados por sua mãe." Para mim, era uma armadilha para turistas como qualquer outra. Em vez de elegância e conforto, vendia-se cor local e um discreto sentimento de superioridade sobre os habituados arrebanhados nos hotéis de luxo. (O tema publicitário teria sido: seja *diferente;* ou: um lugar *diferente*.) Papai trocava algumas palavras em grego com o dono e — como todos os clientes, mas cada um sentia-se privilegiado — este nos fazia entrar na cozinha e levantava a tampa dos tachos; elaboravam cuidadosamente o menu. Eu comia com apetite e indiferença...

A voz de Marthe.

— Laurence! Você precisa comer alguma coisa.

— Estou dormindo, me deixe.

— Pelo menos um caldo. Vou lhe preparar um caldo.

Marthe me interrompeu. Onde estava? A estrada de Delfos. Eu gostava da paisagem seca e branca, o sopro agudo do vento no mar de verão; mas não via nada além das pedras e da água, cega diante de todas essas coisas que meu pai me mostrava. (Os olhos dele, os de Catherine: visões diferentes, mas coloridas, emocionantes; e eu ao lado deles, cega.) "Olhe", me dizia ele. "Aqui está a encruzilhada onde Édipo matou Laio." Acontecera, ontem, e essa história lhe dizia respeito. O antro da Pítia, o estádio, os templos; ele me explicava cada pedra, eu escutava, me esforçava: em vão; o passado continuava morto. E estava um pouco cansada de me surpreender, de me exclamar. O Auriga: "Dá um choque, não?" "Sim. É bonito!" Eu entendia o que podiam ver nesse grande homem de bronze verde; mas o choque, não o experimentava. Sentia um certo mal-estar e até remorsos por isso. Meus momentos preferidos eram aqueles durante os quais ficávamos sentados num pequeno bistrô e conversávamos bebendo *ouzo*. Ele me falava das suas viagens de outrora: como ele teria gostado que Dominique o acompanhasse, e nós também, assim que crescemos. "Pensar que ela viu as Bermudas e a América, mas nem a Grécia nem a Itália! Apesar de tudo, acho que ela mudou para melhor", disse ele. Talvez por causa daquele golpe, não sei. Ela está mais aberta, madura, amansada, mais lúcida." Não o contradisse; não queria privar minha pobre mãe dos sobejos de amizade que lhe concedia.

Será de Delfos que deveríamos partir para seguir rio acima a corrente do tempo? Estávamos sentados num café que dominava o vale; adivinhávamos através das vidraças a noite fria e pura e suas miríades de estrelas. Uma pequena orquestra tocava; havia dois casais de turistas americanos e muitos nativos: casais apaixonados, bandos de rapazes, famílias. Uma menininha pôs-se a dançar, tinha três ou quatro anos: minúscula, morena, olhos negros, um vestido amarelo rodado formando uma corola na altura do joelho, meias brancas; girava em torno de si mesma, os braços para cima, o rosto afogado em êxtase, com um ar muito louco. Transportada pela música, deslumbrada, tonta, transfigurada, desvairada. Plácida e gorda, sua mãe conversava com outra mulher gorda, enquanto segurava num movimento de vaivém um carrinho de criança com um neném dentro; insensível à música, à noite, por vezes jogava um olhar bovino na pequena inspirada.

—Viu a garotinha?

— Charmosa — disse papai, com indiferença.

Uma charmosa menininha que se tornaria aquela matrona. Não. Eu não queria. Havia bebido *ouzo* demais? Era possuída também por essa criança que a música possuía. Esse instante apaixonado não teria fim. A pequena dançarina não cresceria; durante a eternidade ela rodopiaria e eu a olharia. Recusava-me a esquecê-la, a voltar a ser uma jovem mulher de viagem com o pai; recusava que um dia ela se parecesse com a mãe, sem sequer se lembrar que fora essa adorável bacante. Pequena condenada à morte, horrível morte sem cadáver. A vida ia assassiná-la. Eu pensava em Catherine, que estavam assassinando.

Disse de repente:

— Não devia ter aceitado mandar Catherine à psicóloga.

Papai me olhou surpreso. Sem dúvida Catherine estava muito longe dos seus pensamentos.

— Por que está pensando nisso?

— Muitas vezes penso nisso. Estou preocupada. Fui induzida e estou sentida.

— Não suponho que isso faça mal a ela — disse papai, com um ar ausente.

—Você me teria mandado a uma psicóloga?

— Ah, não!
— Está vendo?
— Enfim, não sei; não surgiu motivo para tal: você era tão equilibrada.
— Em 1945, estava bastante desorientada.
— Não era para menos.
— E hoje, não é para menos?
— Sim, penso que sim. Creio que, em qualquer época, é normal estar apavorado quando se está descobrindo o mundo.
— Então, tranquilizando-a, a tornamos anormal — disse eu.

Era uma evidência que me arrasava. Com o pretexto de curar Catherine desse excesso de sensibilidade que preocupava Jean-Charles, íamos mutilá-la. Tive vontade de voltar imediatamente, no dia seguinte, de pegá-la de volta.

— Eu prefiro que as pessoas se virem sozinhas. No fundo, tenho por mim, não repita isso, me chamariam outra vez de velho atrasado, que toda essa psicologia é charlatanismo. Vai encontrar Catherine como a deixou.
— Você acredita?
— Estou convencido disso.

Começou a falar da excursão que havia previsto para o dia seguinte. Não levava a sério minhas preocupações; era natural. Eu não me interessava tanto pelas velhas pedras que o fascinavam. Teria sido injusta se cobrasse isso dele. Não, não foi em Delfos que a linha rachou.

Mecena. Talvez em Mecena. Em que momento exatamente? Subimos com dificuldade por um caminho pedregoso; o vento levantava turbilhões de poeira. De repente eu vi aquela porta, as duas leoas decapitadas e senti... será o tal choque de que falava o meu pai? Eu diria melhor: um pânico. Segui a Via Real, vi os terraços, as muralhas, e a paisagem que vislumbrava Clitemnestra quando espreitava a volta de Agamenon. Parecia que eu era arrancada de mim mesma. Onde estava? O século em que pessoas iam, vinham, dormiam, comiam nesse palácio intacto, eu não pertencia a ele. E a minha própria vida não tinha nada a ver com essas ruínas. O que é uma ruína? Não é nem o presente nem o passado, e tampouco é a eternidade: um dia sem dúvida ela desapareceria. Pensava comigo: "Como é bonito!" e estava à beira da vertigem, absorvida por um turbilhão, sacudida, negada, reduzida a *nada*. Eu queria ter voltado correndo para o Pavilhão do turismo e passado o dia lendo novelas policiais. Um grupo de americanos tirava fotografias: "São bárbaros!", disse papai. "Tiram fotografias para ficarem dispensados de olhar." Me falava da civilização meceniana, da grandeza das Átrides, da sua ruína que havia previsto Cassandra; com um guia na mão ele procurava identificar cada palmo de chão. E eu pensava que no fundo ele fazia a mesma coisa que os turistas de quem ele troçava: tentava fazer entrar na sua vida esses vestígios de um tempo que não era o dele. Eles vão colar essas fotos num álbum, mostrá-las aos amigos. Ele vai levar na sua cabeça imagens com suas lendas e guardá-las no devido lugar dentro do seu museu interior; eu não tinha nem álbum nem museu; me encontrava com a beleza e não sabia o que fazer com ela.

No caminho de volta eu disse para papai:

— Invejo você.

— Por quê?

— Essas coisas significam tanto para você.

— Não para você?

Parecia decepcionado e eu disse logo:

— Para mim também. Mas não as compreendo tão bem. Não tenho a sua cultura.

— Leia esse livro que lhe dei.

— Vou lê-lo.

Mesmo depois de ter lido o livro, pensei, não ficarei emocionada ao lembrar que encontraram o nome de Atreu inscrito em tabuletas, na Capadócia. Não poderei de um dia para o outro apaixonar-me por essas histórias que ignoro. Precisava ter vivido durante muito tempo com Homero e com os trágicos gregos, ter viajado muito, poder comparar. Sinto-me estranha a todos esses séculos defuntos que me esmagam.

Uma mulher vestida de preto saiu de um jardim e acenou para mim. Cheguei perto dela: estendeu a mão para mim balbuciando; dei-lhe algumas dracmas. Disse para o meu pai:

— Você viu?

— Quem? A mendiga?

— Não é uma mendiga. É uma camponesa, nem é velha. É terrível, um país onde os camponeses mendigam.

— Sim, a Grécia é pobre — disse papai.

Quando parávamos em alguma aldeia, muitas vezes ficava constrangida pelo contraste entre tanta beleza e tanta miséria. Papai me afirmara, um dia, que as comunidades realmente pobres — na Sardenha, na Grécia — têm acesso, graças à sua ignorância do dinheiro, a valores que nós perdemos e a uma austera felicidade. Mas os camponeses do

Peloponeso não pareciam nem um pouco contentes, nem as mulheres que quebravam pedras nas estradas, nem as menininhas que carregavam baldes d'água pesados demais. Eu passava adiante. Não havíamos vindo aqui para compadecer a dor deles. Mas eu queria porém que papai me dissesse onde exatamente ele havia encontrado pessoas plenamente satisfeitas no seu despojamento.

Em Tirinto, em Epidauro, reencontrei em certos momentos a emoção que tomou conta de mim em Mecena. Estava muito alegre naquela noite em que chegamos em Andritsena. Era tarde, havíamos viajado ao luar numa estrada esburacada, à beira de um precipício; papai dirigia com um ar muito absorvido; ambos estávamos com um pouco de sono, estávamos cansados e nos sentíamos sozinhos no mundo, protegidos por nossa casa movediça na qual brilhava levemente o painel de controle enquanto os faróis nos abriam um caminho na penumbra.

— Tem um hotel muito gostoso — me dissera papai. — Rústico e bem cuidado.

Eram 11 horas da noite quando paramos na praça da aldeia, frente a uma pousada cujas venezianas estavam fechadas.

— Não é o hotel do sr. Kristopoulos — disse ele.

— Vamos procurá-lo.

Vagueamos a pé por ruelas desertas; nenhuma luz nas janelas, nenhum outro hotel além daquele. Papai bateu na porta, chamou, nenhuma resposta. Estava muito frio, dormir no carro não teria sido engraçado. Voltamos a gritar e a bater. Do fundo da rua um homem chegou correndo, cabelo e bigode brilhando de pretos, camisa de um branco ofuscante.

— São franceses?

— Somos.

— Escutei chamarem em francês. Amanhã é dia de feira, o hotel está lotado.

— O senhor fala muito bem francês.

— Oh! Bem, não. Mas eu gosto da França…

Sorria, de um sorriso tão resplandecente quanto a sua camisa. O hotel do sr. Kristopoulos não existia mais, mas ele ia encontrar quartos para nós. Fomos atrás dele: a aventura me encantava. É o tipo de aventura que não acontece nunca com Jean-Charles: saímos, paramos na hora certa, e, aliás, ele sempre reservou quartos com antecedência.

O grego bateu numa porta, uma mulher apareceu na janela. Sim, ela aceitava alugar dois quartos. Agradecemos ao nosso guia.

— Gostaria tanto de encontrá-los amanhã de manhã, para falar do seu país — disse ele.
— Com muito prazer. Onde?
—Tem um café na praça.
— Combinado. Nove horas, está bem?
— Está bem.
Num quarto com piso de cerâmica vermelha, debaixo de montões de cobertores, eu dormi direto até a mão de papai no meu ombro me acordar.
— Demos sorte: é dia de feira. Não sei se você é como eu: eu adoro as feiras.
—Vou adorar esta.
A praça estava coberta de mulheres de preto sentadas diante de cestos postos diretamente no chão: ovos, queijos de cabra, repolhos, alguns frangos magros. Nosso amigo estava nos esperando em frente ao café. Fazia frio. As vendedoras deviam estar geladas. Entramos. Eu estava morrendo de fome, mas não havia nada para comer. O aroma do café preto e espesso me consolou.
O grego começou a falar sobre a França; ficava tão feliz cada vez que encontrava franceses! Que sorte a nossa de viver num país livre! Gostava tanto de ler livros franceses, jornais franceses. Abaixou o tom da voz, mais por hábito do que por prudência:
— Na sua terra não põem as pessoas na prisão por causa de suas opiniões políticas.
Papai tomou um ar compreensivo que me surpreendeu: é verdade que ele sabe tantas coisas, mas é tão modesto que nem nos damos conta disso. Perguntou, em voz baixa:
— A repressão continua severa como antes?
O grego meneou a cabeça.
— A prisão de Egine está cheia de comunistas. E se o senhor soubesse como são tratados!
— É tão terrível como nos campos?
—Tão terrível. Mas não vão nos quebrar — acrescentou, com uma certa ênfase.
Ele nos questionou sobre a situação da França. Papai piscou um olho cúmplice para mim e começou a falar das dificuldades da classe operária, das suas esperanças, suas conquistas; parecia que estava inscrito no Partido Comunista. Eu me divertia, mas estava com um buraco no estômago.

—Vou ver se encontro alguma coisa para comprar — falei.

Vagueei pela praça. Mulheres, vestidas de preto também, discutiam com as vendedoras. "Uma austera felicidade": não era nada do que eu estava lendo nesses rostos vermelhos de frio. Como papai podia ter-se enganado a tal ponto, ele geralmente tão perspicaz? Talvez só tivesse visto esses países no verão: com o sol, as frutas, as flores, são certamente mais alegres.

Comprei dois ovos que o patrão esquentou para mim. Comecei a tirar a casca de um e senti um cheiro horrível; abri o outro: podre também. O grego foi buscar dois outros que esquentamos: todos os dois podres.

— Como pode ser isso? São trazidos diretamente do campo.

—Tem feira a cada duas semanas. Com um pouco de sorte, caímos sobre ovos da véspera. Caso contrário... É melhor comê-los cozidos, devia tê-la avisado antes.

— Prefiro não comê-los.

Um pouco mais tarde, na estrada do templo de Bassae, eu disse para o meu pai:

— Não pensava que a Grécia fosse tão pobre.

— A guerra a arruinou, sobretudo a guerra civil.

— É gentil esse cara. E o senhor desempenhou bem o seu papel: ele está convencido de que somos comunistas.

— Estimo os comunistas daqui, pois é verdade que arriscam a pena de prisão e até a própria cabeça.

— Sabia que existiam tantos prisioneiros políticos na Grécia?

— Claro. Eu tinha um colega que nos bombardeava com petições para assinar contra os campos gregos.

— E assinava?

— Uma vez, sim. Em princípio, não assino nada. Primeiro, porque é completamente ineficaz. E depois, atrás de todas essas iniciativas, aparentemente humanitárias, há sempre manobras políticas.

Voltamos a Atenas e insisti para visitar a cidade moderna. Demos a volta na praça Omonia. Pessoas sombrias, malvestidas, um cheiro de suarda. "Você vê que não há nada para se ver", me dizia papai. Eu queria saber o que se passava atrás desses rostos apagados. Em Paris também, ignoro tudo das pessoas que eu frequento, mas estou ocupada demais para me preocupar com isso; em Atenas, não havia outra coisa para fazer.

— Teríamos que conhecer gregos — disse eu.
— Conheci alguns. Não eram muito interessantes. Aliás, hoje em dia, as pessoas de todos os países se parecem.
— Ora, os problemas não são os mesmos aqui e na França.
— São terrivelmente cotidianos, aqui como lá.

O contraste era muito mais acentuado do que em Paris — para mim, pelo menos — entre o luxo dos bairros ricos e a tristeza da multidão.

— Suponho que esse país é mais alegre no verão.
— A Grécia não é alegre — disse papai, com uma leve reprovação —, ela é bonita.

As Koraï eram bonitas, os lábios arrebatados por um sorriso, o olhar fixo, o ar alegre e um pouco bobo. Gostei delas. Sabia que não as esqueceria e queria ter deixado o museu logo depois de tê-las visto. As outras esculturas, aqueles pedaços de baixos-relevos, aqueles frisos, aquelas estelas, não conseguiam reter minha atenção. Um grande cansaço me invadia, o corpo e a alma; admirava o meu pai, a sua capacidade de atenção e de curiosidade. Dentro de dois dias estaremos separados, e não o conheço melhor do que ao chegar: esse pensamento que eu reprimia desde... quando? me atravessou o peito de repente. Entramos numa sala cheia de vasos, e eu vi que havia salas e salas em fileiras, todas cheias de vasos. Papai se plantou diante de uma vitrine, começou a me enumerar as épocas, os estilos, suas particularidades: período homérico, período arcaico, vasos com figuras negras, com figuras vermelhas, com fundo branco; me explicava as cenas representadas nos seus bojos. Em pé ao meu lado, ele se afastava, até o final da fileira de salas de tacos encerados; ou era eu que ia a pique num abismo de indiferença; em todo o caso, havia agora entre nós uma distância insuperável, porque para ele uma diferença de cor, o desenho de uma palma ou de um pássaro eram capazes de provocar uma admiração, um prazer que o levava de volta a antigas felicidades, a todo o seu passado. Para mim, esses vasos me afligiam e, enquanto avançávamos de vitrine em vitrine, o meu incômodo ia crescendo até a angústia, e eu pensava: "Fracassei em tudo." Parei e disse:

— Não aguento mais!
— De fato, você não se aguenta mais em pé: devia ter-me falado antes!

Estava sentido, supondo talvez, alguma fraqueza feminina que me deixava à beira do desmaio. Me levou de volta ao hotel. Bebi um vinho de Xerez tentando falar com ele sobre as Koraï. Mas ele me parecia fora de alcance, e decepcionado.

Na manhã seguinte o deixei entrar sozinho no museu da Acrópole.

— Prefiro rever o Partenon.

A temperatura era amena; eu olhava o céu, o templo e sentia um amargo sentimento de derrota. Grupos, casais escutavam os guias com um interesse cortês e fazendo força para não bocejar. Habilidosas publicidades os haviam convencido de que iriam experimentar aqui êxtases indescritíveis, e ninguém na volta ousaria confessar ter ficado completamente indiferente; incitariam os seus amigos a verem Atenas, e a cadeia de mentiras se perpetuaria, as belas imagens permanecendo intactas apesar de todas as desilusões. No entanto, eu revejo aquele casal e aquelas duas mulheres menos jovens que subiam devagar até o templo e que se falavam, e sorriam, e paravam e olhavam com um ar de calma felicidade. Por que não eu? Por que sou incapaz de amar as coisas que eu sei dignas de amor?

Marthe entra no quarto.

— Preparei um caldo para você.

— Não quero.

— Faça um pouco de força.

Para agradá-los, Laurence engole o caldo. Há dois dias que ela não come. E daí? Se ela não está com fome. Os olhares preocupados deles. Esvaziou a xícara, e o seu coração começa a bater, fica coberta de suor. Só o tempo de correr até o banheiro e de vomitar; como anteontem e trasanteontem. Que alívio! Queria se esvaziar mais totalmente ainda, vomitar-se totalmente. Passa água na boca, se joga em cima da cama, esgotada, acalmada.

— Não o guardou? — disse Marthe.

— Já lhe disse que não consigo comer.

— Tem que ver um médico, sem falta.

— Não quero.

O que pode um médico? E para quê? Anoiteceu dentro dela; ela se abandona a essa noite. Pensa numa história que leu: uma toupeira vai tateando pelas galerias subterrâneas, sai e sente o ar refrescante, mas não é capaz de pensar em abrir os olhos. Ela se conta a história de outro modo: a toupeira no seu subterrâneo inventa de abrir os olhos e observa que está tudo escuro. Não tem sentido nenhum.

Jean-Charles senta-se ao lado dela, pega na sua mão.

— Meu amor, tente me dizer o que não está indo bem.

O dr. Lebel, com quem conversei, pensa que você sofre de uma grande contrariedade...

— Está tudo bem.
— Ele falou em anorexia. Vem daqui a pouco.
— Não!
— Então saia dessa. Pense um pouco. Não se sofre de anorexia sem razão: ache a razão.

Ela retira a sua mão.

— Estou cansada, me deixe.

Contrariedades, sim, pensou ela quando Jean-Charles saiu do quarto, mas não tão sérias a ponto de impedi-la de se levantar e comer. Estava muito triste no avião que me trazia de volta para Paris. Não conseguira escapar da minha prisão, ela se fechava novamente sobre mim enquanto o avião mergulhava na neblina.

Jean-Charles estava no aeroporto.

— Fizeram boa viagem?
— Formidável!

Ela não estava mentindo, não estava dizendo a verdade. Todas essas palavras que falamos! Palavras... Em casa, as crianças me receberam com gritos de alegria, pulos, beijos e mil perguntas. Havia flores em todos os vasos. Distribuí as bonecas, as saias, as echarpes, os álbuns, as fotos e comecei a contar uma viagem formidável. Depois eu guindei minhas roupas no armário. Não tinha a impressão de dar uma de jovem mulher que reencontra o seu lar: era pior. Eu não era uma imagem, mas outra coisa também não: nada. As pedras da Acrópole não me eram mais estranhas que esse apartamento. Somente Catherine...

— Como é que ela está?
— Muito bem, me parece — disse Jean-Charles. — A psicóloga queria que você telefonasse para ela o quanto antes.
— Certo.

Conversei com Catherine; Brigitte a convidara para passar as férias de Páscoa com ela, numa casa que pertencia à família, perto do lago de Settons; eu deixava? Deixava. Ela sabia que eu deixaria e estava contente. Ela gostava muito da sra. Frossard: na sua sala, ela desenhava, ou jogava, brincava.

Talvez seja clássica a rivalidade mãe-psiquiatra; em todo o caso, não lhe escapava. Por duas vezes havia visto a sra. Frossard, nenhuma simpatia: amável, o ar competente, fazendo perguntas hábeis, gravando e catalogando rapidamente as respostas. Quando saí da sua sala, na segunda vez, quase sabia tanto quanto eu sobre minha filha. Antes de partir para a Grécia, telefonara para ela: não me falou nada; o tratamento mal começava. "E agora?", me perguntei, tocando à sua porta. Eu estava na defensiva: ouriçada de arame farpado. Ela não pareceu perceber o meu estado e expôs a situação em voz sorridente. De um modo geral, Catherine tem um bom equilíbrio afetivo; gosta muitíssimo de mim e também muito de Louise; não tanto do seu pai, de quem é preciso exigir um esforço. Seus sentimentos por Brigitte não têm nada de excessivos. Só que, mais velha do que ela e precoce, tem com Catherine conversas que a deixam perturbada.

— Mas ela me prometera que tomaria cuidado; e é uma criança muito leal.

— Mas, querida senhora, como pode querer que uma menininha de 12 anos meça exatamente as suas palavras? Talvez guarde para si algumas coisas; conta outras para Catherine, que reage mal. Nos seus desenhos, nas suas associações de ideias, suas respostas aos testes, a angústia salta aos olhos.

Na verdade, eu já sabia. Não esperara pela sra. Frossard para compreender que pedira a Brigitte o impossível: a amizade implica que se fale de coração aberto. A única maneira de proteger Catherine contra ela era impedir as duas crianças de se verem; era a conclusão à qual chegava a sra. Frossard. Não se tratava neste caso de uma dessas irresistíveis paixões infantis às quais é perigoso atacar-se brutalmente. Espaçando com tato os encontros delas, Catherine não ficaria perturbada. Eu devia fazer com que, até as férias de verão, elas se vissem menos e no próximo ano não estivessem mais na mesma turma. Seria bom também encontrar para a minha filha outras amigas, mais infantis.

— Está vendo! Eu tinha razão — disse Jean-Charles em voz triunfante. — Foi essa menina que desequilibrou Catherine.

Escuto ainda aquela voz; revejo Brigitte, o alfinete ajeitando a sua bainha: "Bom dia, senhora", e o nó aperta outra vez a minha garganta. É preciosa uma amizade. Se eu tivesse uma amiga, falaria com ela em vez de ficar prostrada.

— Primeiro, ela ficará conosco na Páscoa.

— Ela vai ficar muito sentida.

— Não se lhe propusermos alguma coisa mais atraente.

Jean-Charles se animou; Catherine está fascinada pelas fotos que trouxe da Grécia; então, a levaremos a Roma com Louise. Na volta, teremos que encontrar-lhe ocupações que a absorvam: esportes ou balé. Equitação! Isso era uma ideia formidável, até afetivamente. Substituir uma amiga por um cavalo! Eu discuti. Mas Jean-Charles estava decidido. Roma e lições de equitação.

Catherine pareceu perplexa quando falei numa viagem a Roma.

— Prometi a Brigitte, ela vai ficar muito triste.

— Ela entenderá. Uma viagem a Roma: isso não acontece todos os dias. Não está com vontade?

— Eu ia gostar de ficar na casa da Brigitte.

Ela está sofrendo. Mas, uma vez em Roma, ela se apaixonará com certeza. Não pensará muito na sua amiga. Um pouco de habilidade, e ano que vem ela a terá esquecido completamente.

A garganta de Laurence se contrai. Jean-Charles não devia ter discutido em público, no dia seguinte, o caso de Catherine. Uma traição, uma violação. Que romantismo! Mas uma espécie de vergonha a sufoca, como se ela fosse Catherine e tivesse surpreendido as conversas deles. Seu pai, Marthe, Hubert, Jean-Charles, ela mesma, todos estavam jantando na casa de Dominique. (Mamãe gostando das reuniões de família! Vejam só! E a cortesia do meu pai com ela!)

— Minha irmã me contou um caso muito parecido — disse ele. — Na terceira série ginasial, uma de suas melhores alunas se apegou a uma colega mais velha cuja mãe era de Madagascar. Toda a sua visão do mundo ficou transformada; e o seu caráter também.

— Eles as separaram? — perguntei.

— Isso eu não sei.

— Quando se consulta um especialista, tem-se que seguir os conselhos do mesmo, me parece — disse Dominique. — Você não acha? — perguntou a papai com um ar de deferência, como se desse muito valor às suas opiniões.

Eu entendia que ela ficasse sensível à sua solicitude: precisa tanto de estima, de amizade. O que me constrangia era que ele se deixava envolver pelos dengos dela.

— Parece lógico.

Aquela voz hesitante. Em Delfos, porém, quando olhávamos dançar a criança louca por música, ele estava de acordo comigo.

— No meu entender, o problema não é esse — disse Marthe.

Ela repetiu que, para uma criança, um mundo sem Deus é insuportável. Não tínhamos o direito de privar Catherine das consolações da religião. Hubert comia em silêncio. Devia estar tramando tortuosas trocas de chaveiros, é a sua última mania.

— É muito importante, afinal, ter uma amiga — disse eu.
— Você se saiu muito bem sem — me respondeu Dominique.
— Não tão bem como você pensa.
— Encontraremos outra amiga para ela — disse Jean-Charles. — Esta não lhe convém, pois Catherine chora, tem pesadelos, não estuda direito na escola, e a sra. Frossard acha-a um pouco desequilibrada.
— Temos que ajudá-la a reencontrar o seu equilíbrio. Mas não separando-a de Brigitte. Ora, papai, em Delfos você dizia que era normal ficar perturbado quando se começa a descobrir o mundo.
— Existem coisas normais que é melhor evitar; é normal alguém gritar quando se queima! Melhor não se queimar. Se a psicóloga a acha desequilibrada...
— Mas você não acredita nos psicólogos!
Senti que a minha voz se alterava. Jean-Charles me jogou um olhar descontente.
— Escute, já que Catherine aceita partir conosco sem fazer drama, não faça você.
— Ela não faz drama!
— Nenhum.
— Então!
Seu pai e Dominique falaram juntos:
— Então?
Hubert balançou a cabeça, com um ar de consentimento. Laurence se obrigou a comer, e foi quando ela teve o primeiro espasmo. Ela se sabia vendida. Não se tem razão contra todo mundo, nunca foi tão arrogante para pensar isso. (Teve Galileu, Pasteur e outros que nos citava a srta. Houchet. Mas não me tomo por Galileu.) Portanto, na Páscoa — ela estará curada, claro, é uma questão de dias, fica-se enjoado com comida durante alguns dias e naturalmente isso acaba desaparecendo —, levarão Catherine a Roma. O estômago de Laurence se crispa. Durante muito tempo talvez não poderá comer. A psicóloga diria que está fazendo de propósito ficar doente, porque não quer levar Catherine. Absurdo. Se realmente não quisesse, ela recusaria, ela lutaria. Todos teriam que ceder.
Todos. Porque todos estão contra ela. E novamente cai em cima dela a imagem que ela rejeita com a máxima violência, a qual surge assim que relaxa a sua vigilância: Jean-Charles, papai, Dominique, sorrindo como num pôster americano, fazendo elogios de uma marca de *oat meal*. Reconciliados, abandonando-se juntos às alegrias

da vida em família. E as diferenças que pareciam essenciais não tinham tanta importância, afinal. Somente ela é diferente; rejeitada; incapaz de viver; incapaz de amar. Com as duas mãos ela se agarra aos lençóis. Está chegando um daqueles momentos em que tudo desmorona; seu corpo é de pedra, ela queria urrar; mas a pedra não tem voz; nem lágrimas.

Não quis acreditar em Dominique; foi três dias depois desse jantar, oito dias depois de nossa volta da Grécia. Ela me disse:

— Imagine que estamos pensando em voltar a viver juntos, o seu pai e eu.

— O quê? Você e papai?

— Está tão espantada assim? Por quê? Afinal, temos muitas coisas em comum. Primeiro, todo um passado; e você e Marthe e os seus filhos.

— Seus gostos são tão diferentes.

— Eram. Mudamos um pouco envelhecendo.

"Calma", pensava comigo. Havia flores da primavera na sala: jacintos, primaveras dos jardins. Presentes de papai ou ela estava mudando o seu estilo? Quem ela estava imitando? A mulher em quem ela desejava se transformar? Ela falava. Eu deixava as palavras escorregarem sobre mim, fazendo força para não acreditar: tantas vezes ela se conta histórias. Precisava de segurança, de carinho, de estima. E ele tinha por ela, muito. Ele se dava conta de que a havia julgado mal, que a sua mundanidade, a sua ambição eram uma forma de vitalidade. E ele precisava de alguém ativo ao seu lado. Sentia-se só, se aborrecia; os livros, a música, a cultura, isso é muito bom, mas não preenche uma existência. Era preciso reconhecer que ele ainda era muito charmoso. E, depois, havia evoluído. Entendia que o negativismo é estéril. Ela havia-lhe proposto, em função dos seus conhecimentos da vida parlamentar, tomar parte num debate no rádio: "Você não imagina o quanto ele ficou feliz!" A voz escorria, igual, satisfeita, na tepidez da sala onde haviam ressoado gritos tão horrendos. "Aguentamos, aguentamos." Gilbert tinha razão. Gritamos, choramos, sofremos convulsões como se houvesse na vida algo digno desses gritos, dessas lágrimas, dessas agitações. E nem é verdade. Nada é irreparável porque nada tem importância. Por que não ficar na cama a vida toda?

— Ora veja — disse eu —, você acha a vida de papai tão sem brilho!

Não entendia. Dominique não havia mudado bruscamente de opinião sobre papai; não havia-se convertido à sua visão do mundo nem se resignado a dividir o que ela chamava de "sua mediocridade".

— Ah! Conservarei a minha — disse ela com energia. — Nisso estamos totalmente de acordo: a cada um as suas ocupações e o seu meio.

— Uma espécie de coexistência pacífica?

— Por assim dizer.

— Então por que não se contentarem com encontros de vez em quando?

— Decididamente, você não conhece o mundo, você não imagina! — disse Dominique.

Durante um tempo ficou em silêncio; visivelmente o que maquinava na sua cabeça não tinha nada de agradável.

— Já lhe disse, uma mulher sem homem, socialmente, é uma desclassificada; é ambíguo. Eu sei que já estão me atribuindo gigolôs; e, aliás, alguns se propõem.

— Mas por que papai? Você poderia ter escolhido um homem mais brilhante — disse eu, insistindo na última palavra.

— Brilhante? Comparado com Gilbert ninguém é brilhante. Eu pareceria me contentar com um substituto. Seu pai é outra coisa completamente diferente. — No rosto dela passou uma expressão sonhadora que combinava com os jacintos, com as primaveras dos jardins. — Um marido e uma mulher que se reencontram depois de uma longa separação para abordarem juntos a velhice talvez façam com que as pessoas fiquem surpresas, mas não farão chacota.

Eu não tinha tanta certeza quanto ela, mas agora entendia. Segurança, respeitabilidade: essa era a primeira de suas necessidades. Novas ligações a rebaixariam ao nível das mulheres fáceis; e não é tão fácil encontrar um marido. Entrevia o personagem que ela ia construir: uma mulher que chegou lá, uma mulher bem-sucedida, mas que se desprendeu das frivolidades, às quais prefere alegrias mais secretas, mais difíceis, mais íntimas.

Mas papai estava de acordo? Laurence passou para ver seu pai na mesma noite. Aquele apartamento de homem sozinho, que lhe agradava tanto, com jornais e livros espalhados, seu cheiro de velharia. Quase imediatamente ela perguntou, fazendo força para sorrir:

— É verdade o que conta Dominique, que vocês vão voltar a viver juntos?

— Bem! Por mais surpreendente que lhe pareça, sim.

Ele parecia um pouco constrangido: lembrava-se do que havia dito sobre Dominique.

— Pois é, confesso que isso me surpreende. Você fazia tanta questão da sua solidão.

— E não vou perdê-la só porque me instalo na casa de sua mãe. O apartamento dela é muito grande. Evidentemente, nas nossas idades, precisamos os dois de independência.

Ela disse lentamente:

— Suponho que seja uma boa ideia.

— Eu creio que seja. Vivo fechado demais sobre mim mesmo. É preciso de qualquer maneira manter o contato com o mundo. E Dominique amadureceu, sabe; ela me compreende muito melhor do que antes.

Falaram sobre coisas e outras, evocaram lembranças da Grécia. À noite ela vomitou o seu jantar; não se levantou no dia seguinte, nem no outro dia, prostrada diante de uma corrida de imagens e de palavras que desfilavam dentro de sua cabeça, batendo umas nas outras como numa gaveta fechada (se abri-la, tudo está em ordem). Ela abre a gaveta. Estou com ciúmes simplesmente. Édipo mal liquidado, minha mãe permanecendo a minha rival. Eletra, Agamenon. Será por isso que Mecena me emocionou tanto? Não. Não. Quimeras. Mecena era bela, foi a sua beleza que me tocou. A gaveta está fechada de novo, as imagens estão se batendo. Estou com ciúmes, mas sobretudo, sobretudo... Ela respira rápido demais, arqueja. Então não era verdade que ele possuía a sabedoria e a alegria e que a própria irradiação dele lhe bastava! Aquele segredo que ela se culpava de não ter conseguido descobrir talvez não existisse, afinal. Não existia: ela sabe disso desde a Grécia. Fiquei *decepcionada*. A palavra a apunhala. Ela aperta o lencinho contra os dentes como para reter o grito que é incapaz de dar. Estou decepcionada. É normal eu estar. "Você não imagina o quanto ele ficou feliz!" E ele: "Ela me compreende melhor do que antes." Ele sentiu-se lisonjeado. *Lisonjeado*, ele que olhava o mundo de tão alto com um sorridente desligamento, ele que conhecia a vaidade de tudo e que havia alcançado a serenidade além do desespero. Ele, que não transigia, falaria nessa rádio que acusava de mentira e servilidade. Ele não era de uma outra espécie. Mona me diria: "Então! São duas gotas d'água."

Está sonolenta, esgotada. Quando abre os olhos, Jean-Charles está ao seu lado.

— Meu amor, você tem que aceitar ver o médico.

— Para quê?

— Ele vai falar com você; vai ajudá-la a compreender o que está lhe acontecendo.

Ela se sobressalta.

— Não, nunca! Não vou deixar que me manipulem. Ela grita: — Não! Não!

— Acalme-se.

Ela recai sobre o travesseiro. Vão forçá-la a comer, vão fazê-la engolir tudo; tudo o quê? Tudo o que ela vomita, a sua vida, a dos outros com os seus falsos amores, as suas histórias de dinheiro, as suas mentiras. Vão curá-la das suas recusas, do seu desespero. Não. Por que não? Aquela toupeira que abre os olhos e vê que está escuro, de que adianta ela? Fechar os olhos outra vez. E Catherine? Pregar-lhe as pálpebras? "Não"; ela gritou alto. Catherine, não. Não permitirei que façam com ela o que fizeram comigo. O que fizeram de mim? Essa mulher que não gosta de ninguém, insensível às belezas do mundo, incapaz até de chorar, essa mulher que eu vomito. Catherine: ao contrário, abrir-lhe os olhos logo e talvez um raio de luz filtre até ela, talvez ela se salve... De quê? Dessa noite. Da ignorância, da indiferença. Catherine... Ela se levanta de repente.

— Não vão fazer com ela o que fizeram comigo.

— Acalme-se.

Jean-Charles pega no seu pulso, o seu olhar vacila como se estivesse pedindo socorro; tão autoritário, tão certo de estar com a razão, e o menor imprevisto basta para apavorá-lo.

— Não me acalmarei. Não quero médico nenhum. São vocês que me deixam doente, e me curarei sozinha porque não vou lhes ceder. Eu estou sem saída, me encurralaram, estou aqui, aqui vou ficar. Mas ela não será mutilada. Não quero que a privem de sua amiga; quero que ela passe as férias na casa de Brigitte. E ela não vai mais ver essa psicóloga.

Laurence joga fora os cobertores, se levanta, enfia um robe, ela repara o olhar assustado de Jean-Charles.

— Não chame o médico, não estou desvairando. Eu digo o que eu penso, mais nada. Oh! Não faça essa cara.

— Não entendo nada do que está falando.

Laurence faz um esforço e fala em voz racional:

— É simples. Sou eu quem cuida de Catherine. Você intervém de quando em vez. Mas sou eu quem a educo, e sou eu quem deve tomar decisões. Estou tomando-as. Criar um filho não é fazer uma bela imagem...

Sem ela querer, sua voz se eleva; ela fala, ela fala, sem saber exatamente o que está dizendo, pouco importa, o importante é gritar mais forte que Jean-Charles e todos os outros, reduzi-los ao silêncio. Seu coração bate muito rápido, seus olhos queimam.

— Tomei decisões e não cederei.

Jean-Charles parece cada vez mais desconcertado; murmura, tentando apaziguá-la:

— Por que não me falou tudo isso antes? Não precisava ficar doente assim. Não sabia que essa história a havia tocado tanto.

— Me tocou, sim; nada mais me toca, mas essa história me tocou mesmo.

Ela olha para ele direto nos olhos, ele vira a cabeça.

— Devia ter falado comigo antes.

— Talvez. De qualquer forma, agora já está feito.

Jean-Charles é cabeça-dura; mas, no fundo, essa amizade entre Catherine e Brigitte, ele não a toma muito a sério; essa história toda é muito infantil para realmente interessá-lo. E não foi engraçado, cinco anos atrás; ele não quer que eu entregue os pontos outra vez. Se eu ficar firme, eu ganho.

— Se você quiser a guerra, será a guerra.

Ele levanta os ombros.

— A guerra entre nós? Com quem pensa que está falando?

— Não sei. Depende de você.

— Nunca contrariei você — diz Jean-Charles.

Ele para para pensar.

— É verdade que você cuida muito mais de Catherine do que eu. Em última análise, é você quem tem que decidir. Nunca pretendi o contrário. — Ele acrescenta, com mau humor: — Tudo teria sido bem mais simples se você tivesse aberto o jogo logo.

Ela arranca um sorriso.

— Errei. Eu também não gosto de contrariá-lo.

Ficam calados.

— Então está certo? — torna a falar Laurence. — Catherine passa as férias na casa de Brigitte?

— Se é isso que você quer.

— É.

Laurence passa a escova nos cabelos, se recompõe. Para mim, os dados estão lançados, pensa ela, olhando a sua imagem — um pouco pálida, o rosto abatido. Mas as crianças terão a sua chance. Que chance? Ela nem sabe.

Conheça os títulos da Coleção Clássicos de Ouro

132 crônicas: cascos & carícias e outros escritos — Hilda Hilst
24 horas da vida de uma mulher e outras novelas — Stefan Zweig
50 sonetos de Shakespeare — William Shakespeare
A câmara clara: nota sobre a fotografia — Roland Barthes
A conquista da felicidade — Bertrand Russell
A consciência de Zeno — Italo Svevo
A força da idade — Simone de Beauvoir
A guerra dos mundos — H.G. Wells
A idade da razão — Jean-Paul Sartre
A ingênua libertina — Colette
A mãe — Máximo Gorki
A mulher desiludida — Simone de Beauvoir
A náusea — Jean-Paul Sartre
A obra em negro — Marguerite Yourcenar
A riqueza das nações — Adam Smith
As belas imagens — Simone de Beauvoir
As palavras — Jean-Paul Sartre
Como vejo o mundo — Albert Einstein
Contos — Anton Tchekhov
Contos de terror, de mistério e de morte — Edgar Allan Poe
Crepúsculo dos ídolos — Friedrich Nietzsche
Dez dias que abalaram o mundo — John Reed
Física em 12 lições — Richard P. Feynman
Grandes homens do meu tempo — Winston S. Churchill
História do pensamento ocidental — Bertrand Russell
Memórias de Adriano — Marguerite Yourcenar
Memórias de um negro americano — Booker T. Washington
Memórias de uma moça bem-comportada — Simone de Beauvoir
Memórias, sonhos, reflexões — Carl Gustav Jung
Meus últimos anos: os escritos da maturidade de um dos maiores gênios de todos os tempos — Albert Einstein
Moby Dick — Herman Melville
Mrs. Dalloway — Virginia Woolf
O amante da China do Norte — Marguerite Duras
O banqueiro anarquista e outros contos escolhidos — Fernando Pessoa
O deserto dos tártaros — Dino Buzzati

O eterno marido — Fiódor Dostoiévski
O Exército de Cavalaria — Isaac Bábel
O fantasma de Canterville e outros contos — Oscar Wilde
O filho do homem — François Mauriac
O imoralista — André Gide
O muro — Jean-Paul Sartre
O príncipe — Nicolau Maquiavel
O que é arte? — Leon Tolstói
O tambor — Günter Grass
Orgulho e preconceito — Jane Austen
Orlando — Virginia Woolf
Os mandarins — Simone de Beauvoir
Retrato do artista quando jovem — James Joyce
Um homem bom é difícil de encontrar e outras histórias — Flannery O'Connor
Uma fábula — William Faulkner
Uma morte muito suave (e-book) — Simone de Beauvoir

Direção editorial
Daniele Cajueiro

Editora responsável
Ana Carla Sousa

Produção editorial
Adriana Torres
Laiane Flores
Juliana Borel

Revisão
Rita Godoy
Rachel Rimas

Capa
Victor Burton

Diagramação
Filigrana

Este livro foi impresso em 2022
para a Nova Fronteira.